在經典故事中成長

我常常思索著，我是怎麼成了一個說故事的人？

有一段我已經忘卻的記憶，那是一個沒有什麼像樣娛樂的年代，大人們忙著養家活口或整理家務，大部分的孩子都是自己尋找樂趣，妹妹告訴我，她們是在我說的故事中度過童年的。我常一手牽著小妹，一手牽著大妹，走到家附近那廢棄的老宅前，老宅大而陰森，厚重而斑駁的木門前有一座石階，連接木門和石階的磚牆都已傾頹，只有那座石階安好，作為一個講臺恰到好處。妹妹席地而坐，我站上石階，像天方夜譚般開始一千零一夜的故事。

記憶中的小時候，我是個木訥寡言的人，所以當小妹說起這段過去時，我露出不可思議的神情，懷疑她說的是另一個人的事。雖然如此，我卻記得我是如何開始寫故事的。那是專三的暑假，對所有要上大學的人來說，這個暑假是很特別的假期，彷彿過了這個暑假就從青少年走入成年。放暑假的第一天，我從北部帶著紅樓夢返家，想說漫長的暑假適合讀平日零碎時間不能完整閱讀的大部頭。當我花了兩個星期沒日沒夜看完紅樓夢，還沒從寶黛沒有快樂結局的悲悽愛情氛圍中脫身，突然萌生說故事的衝動，便在酷暑時節，窩在通鋪式的臥房，以摺疊成山的棉被權充書桌，幾個下午就完成我的第一篇短篇小說、我說的第一個故事。寫完時全身汗水淋漓，用鉛筆寫的草稿也被手汗沾得處處字跡模糊，不過我不擔心，所有的文字都在我腦海中，無需辨認。之後我又花了幾天把草稿謄在稿紙上，投寄到台灣日報副刊，當那個訴說青春少女和遲暮老人忘年情誼的小說變成鉛字出現在報紙副刊，我知道我喜歡說故事、可以說故事，於是寫了一篇又一篇的小說，直到今天。

原來是經典小說帶領我走入說故事的行列，這段記憶我始終記

小說新賞

兒女英雄

原著　清·文康
編寫　詹文維

三民書局

得，也很希望在童年時代還耐不下性子閱讀原典的孩子們，能和我一樣在經典故事中成長。

　　雖然市場上重新編寫經典小說的作品很多，但對我這個有兩個少年階段孩子的母親來說，卻總覺得找不到適合的版本，不是太簡單，就是太難，要不然就是刪節得不好，文字不夠精確等等，我們看到了這當中的成長空間，於是計畫進行一套經典小說的改寫版本。

　　首先我們先確定了方向，保留較多文學性，讓這套書適合大孩子閱讀；但也因為如此，讓我們在邀請撰稿者方面碰到不少困難。幸好有宇文正、石德華、許榮哲等作家朋友們願意加入，加上三民書局之前「世紀人物 100」的傳記書系列，也出現了不少有文采、有功力的寫作者，讓這套書可以順利進行。對於文字創作者來說，創意是珍貴的資產，但改寫工作就像化妝師，被要求照著一張照片化妝，不能一模一樣，又不能不一樣，一些作者告訴我，他們在撰寫這系列的書時，常常因為想寫的和原著不太一樣而卡住，三民書局的編輯也常常要幫著作者把寫作節奏拉回來，好幾本書稿都是初稿完成後，又大幅刪修，甚至全部重寫。辛苦的代價便是呈現在讀者面前的這套書——文字流暢、故事生動，既有原典的精華，又有作者的創意調拌，加上全彩印刷、配圖精美。這是我為我的孩子選擇的一套書，作為他們告別青春期的最佳禮物，希望能和天下的學子、家長們分享，也期待這套「大部頭的套書」，經過作家們巧妙的改寫、賦予新生命後，保留了經典的精神，又比文言白話交雜的原典更加容易親近，讓喜歡聽故事、讀故事的孩子，長大後也能說故事、寫故事，於是中國經典文學的精華就能這麼一代一代傳誦下去。

iii

林黛嫚

親愛的讀者，很高興你現在翻到「作者的話」這一部分。「作者的話」的重點是了解我這傢伙怎麼寫這本書，等下你會翻到「導讀」的部分，那部分的重點則是放在認識「書」。雖然這兩部分相互牽連，但是我把重頭戲都放在「導讀」的，所以作者的話，會呈現我「剛毅木訥、沉默寡言」的本性啊，呵呵呵。

跟出版社已經有好幾年的合作關係。（哈，會有很多年不是因為我的出書量很豐富，而是因為我寫書實在太慢了。）這些年的合作經驗都很好，真的可以了解出版社的用心和使命感。所以即便得大量犧牲假日，但是當編輯再度邀請我寫稿的時候，還是很高興的接下這個工作。（哈，當然稿費也是強大的誘因啊。）

這麼多本書裡，為什麼會挑選兒女英雄傳。那是因為高中的時候在課本中就讀到這個書名了，那時候就很喜歡這個書名，感覺很像是「亂世兒女」，後來看了書之後才知道不是這樣的。

不過選到這本書還是很高興。因為這本書有相當程度的俠義色彩，而我不但是看武俠小說長大的，大學的時候就開始寫武俠小說了，所以寫起來相當順手。我有個姐姐很愛看言情小說，我也受了些影響，所以嘗試著將武俠小說和言情小說結合在一起。因為這樣子，大學時就創造過好幾個女俠。那時候讀的是歷史系，課堂報告也寫過「俠者」。我還曾經想研究明、清時候黑社會的女性呢。不過因為時間有限，我又不夠用功，所以就沒有寫這樣的研究了。

看到十三妹的時候，說真的滿興奮，因為她和我以前曾經創造過的人物有幾分神似，所以對十三妹的感情很深。為了能更了解十三妹，我不但上網去查研究資料，也跑去國家圖書館，影印碩士論文回家看。那些文章，自然也就是導讀的重要素材。這些研究文章，

讀起來當然會有點硬，可是這套書所設定的讀者是年輕的，所以我試著深入淺出的介紹。如果你沒有因為看導讀看到頭暈的話，那我要恭喜你，這表示你的程度很好，可以理解很深的學術脈絡。（好啦，我的意思是說，你可以跟你爸媽說，你是大學的程度了。）

我很清楚，以前創造女俠的時候，我是把時代背景架空，所以那些女俠的想法可以是我的想法，是現代人的想法。但是十三妹徹底就是一個古代人，我必須很尊重她的時代。在她的時代裡頭，去想像她的感受和思維，用些橋段和文字讓現代的讀者去理解她。

十三妹是寫作的重心，所以寫的時候，同步也可以感受到十三妹的喜怒哀樂。我一直覺得這是創作中，最奇妙而享受的部分。十三妹很受歡迎，但是婚後的十三妹不大討喜。所以我一開始的時候，就很想好好寫十三妹婚後持理家計這一部分 。 不過因為字數太多了，越來越受禮教束縛的十三妹也讓人讀起來有些憋了，所以和編輯討論過之後，改寫的部分只到十三妹點頭嫁安驥。

後面不能再寫下去，其實我的心情是很複雜的。一來我覺得有點可惜，但是二來，我卻又鬆了一口氣。因為我知道如果我寫不好的話，整個小說明爽的調性會改變，而讀者會失望。所以我就不用小說替十三妹說話，而是在導讀的部分替十三妹說話。坊間改寫兒女英雄傳的書很多，其中也有不少是很好的作品。不過因為出版社的用心，所以這本書是藉著「小說、導讀、作者的話」三合一，讓讀者可以很深度的去了解這本書。也希望透過這方式，可以讓讀者更有收穫，有更深刻的感受。

詹文貞

兒女英雄傳

目次

導讀

回到清代認識「十三妹」

　　各位看倌，很高興這麼多本書裡，你拿起了兒女英雄傳，而且又把這一頁打開了。希望這篇導讀，可以讓你更願意親近這本書，也更能從這本書當中獲得收穫。

　　話不多說，我們直接來認識兒女英雄傳這本書吧。這本書又叫做兒女英雄傳評話。所謂「評話」，就是「平話」，是一種說唱文學。作者模擬說書的口吻，和讀者不斷互動與對話。舉個例子，當你看到壞人升官發財的時候，心裡大罵這太沒天理了吧。這個時候，作者就會跳出來跟你說，你放心，這世界不會這麼沒天理。這種方式之下，作者可以拉近和讀者（聽書人）的距離。不只把故事說給讀者聽，也把他的價值觀傳遞給讀者。當然啦，前提是讀者願意接受，要不然讀者只會覺得作者這老頭子真是囉唆。

　　話說回來，兒女英雄傳的作者，還真是個老人家。他的筆名叫做「燕北閒人」。意思是說，自己是吃飽閒閒沒事作，寫個故事給大家看。「閒人」是老人家揶揄自己的說法。寫這本書的時候，他不是「閒」，是「苦」。老人家叫做文康，是滿族鑲紅旗人（也就是說他的祖先是跟滿清皇族打天下的），祖父和父親都做了高官，家庭背景可說是顯赫榮華。只是他的仕途不順，並未受到重用，晚年的時候還因為子孫不肖，把家產都敗光了，淪落到窮困潦倒的地步。一個孤單的老人，一間破敗的房間，一枝不甘寂寞的筆，要寫一本什麼樣的書呢？有人在這種情形下，會寫家道中衰的人世無常（像是曹雪芹寫紅樓夢）。可是文康卻決定要寫理想中的孝子、女英雄與家

庭和樂的圓滿富貴。

　　這本書，文康寫了五十三回，部分殘缺，只存四十回。後人再為這本書續寫三十二回，但是續集一般評價不好，所以大多沒有收錄。坊間也有不少改寫的書，大都改寫前二十回。為什麼會這樣呢？我說給你聽。

　　要說，就得透露故事的內容了。套句年輕人常說的話，「有雷，不喜勿入」。所以不愛聽故事掀了底牌的人，忍著，先把故事看了再回頭看導讀了。

　　忍不住啊？那好，我說給你聽了。故事是設定在大清盛世。描寫女主角何玉鳳遭逢變故，於是化名「十三妹」，行俠仗義。偶然間她認識了安驥與張金鳳，於是撮合兩人成為夫妻。最後她的仇人死了，而她則嫁給安驥，一改從前的行事作風，賢慧持家，精明幹練，不但幫著夫家打理家計，還鼓勵丈夫用功上進。安驥求得功名後，她也因夫得貴，一家安樂榮華。文康希望藉著這樣一個故事，告訴人們不論命運一時是怎樣的坎坷，只要循著「忠孝節義」的天理人情行事，最終必得富貴圓滿。

　　這部小說現存最早的刻本是清光緒四年（1878年）北京聚珍堂活字本。剛出來的時候，這本書可是很暢銷的呢。因為這本書有個出色鮮活的女主角——十三妹，她智勇兼具，行事作風豪邁颯爽，既是仁義俠氣的英雄，又是至情至性的兒女。人們說旗人特會說話的，而文康下筆確實也細膩、通俗、生動、流利，使得這書更受歡迎。只是四、五十年後，時代改變了，人們看這本書的想法就不同了。

　　時代的變化是很快速的。書出來之後，才不過半個世紀，大清王朝就滅亡了。一、兩千年強調的忠

孝節義的價值觀也受到挑戰 。 當時的學者胡適對這本書就很不滿意，認為這本書通篇陳腐，不過是科場果報，夫榮妻貴之類的庸言俗語。不過胡適倒是很喜歡這本書的語言陳述方式，盛讚書裡的北京話「生動、漂亮、俏皮、詼諧而有趣」，甚至比紅樓夢還要好。胡適的論調從此之後就為這本書貼上了「語言漂亮但內容迂腐」的標籤，以二流作品的身分，勉強躋身於此後的中國文學史上。

看到這裡，你們是不是想，既然這樣，也就不用再看下去了。

開玩笑，出版社可是很用心選書的呢，怎麼可能放任著我寫一個無趣的故事給你們解悶。

胡適的評價雖然決定了多數人對兒女英雄傳的觀點 ， 但是仍然有人稱這本書是「一時傑作」。這本書人物形象鮮明，文筆洗鍊，高潮迭起，結構嚴謹，時隔百來年，仍然不乏人改寫這本書。而且光一個十三妹鮮活的形象，大馬金刀的作風，就深獲喜愛。再說，這本書是第一本將俠義與言情熔為一爐的小說，也從側面描寫了官場的黑暗腐敗，所以在俠義小說中，可是占有一席地位的呢。

不過因為這本書最受矚目的地方就在於十三妹，所以這也使得這本書通常只改寫到十三妹大仇已報，恢復本名何玉鳳，跟著安驥的父親安學海回到故鄉（也就是前二十回）。很少有改寫的版本寫到她嫁為人婦，我所寫的版本其實也是只寫到她答應嫁給安驥的地方（這是前二十六回）。

為什麼會這樣呢？因為還沒嫁為人婦之前，十三妹的行事豪爽明快，為了剷奸除惡，甘冒國法。但是嫁為人婦之後的何玉鳳，她做事瞻前顧後，謹守禮教恪遵家規。婚前，十三妹救人急難，慷慨

解囊；婚後，何玉鳳打理家計，嚴懲奴僕。對很多讀者而言，十三妹和何玉鳳根本是兩個人。老實說，何玉鳳不討喜，常讓現代的讀者越讀越悶。

我改寫兒女英雄傳實在很想挑戰這一點。想寫出何玉鳳轉折的心情和原因，不過顧及字數以及閱讀起來的樂趣，只好打消這念頭，寫到何玉鳳願意嫁給安驥，留下一個開放性的結局，婚後的生活讓你們自行想像了。

既然這是導讀，我的工作就是要讓讀者深度的去了解這本書。了解一本書，就像了解一個人一樣。我們當然可以透過別人的評價去了解一個人，但是這不是真正了解一個人。真正了解一個人是要去了解他的成長背景、想法與感受。所以了解一本古老的書，就要去了解一個古老的時代，這樣才不會誤解了這本書，也才不會誤解了十三妹。

改寫這本書的時候，我們就必須要去了解文康以及他的時代，才不會背離了這本書的精神。改寫的時候，不但劇情要抓得更緊湊，也要了解哪些看似瑣碎的行為，背後透露著人物的性格和思維，所以不能因為篇幅有限而省略這些細節。

這本書的精神是什麼？是「忠孝節義」！你們可別看到這幾個字，就急著蓋上書。文康可是很有巧思，他寫安學海（安驥的父親）是忠臣，安驥是孝子，張金鳳是守節操的貞女，鄧九公（十三妹的師父）是義士，而十三妹則集了「忠孝節義」四個字於一身。所以你們不妨也轉個角度，從人物的性格和故事去感受這四個字。文康，這麼一個歷經家道中落，大清中衰，感受人世無常的老先生，仍然深信「忠孝節義」是永恆的道德準則，我

們當然可以說他迂腐，可是這種堅定的道德信仰，不也讓人敬佩嗎？道德的標準和表現方式會隨著時代不同而改變，但是品格道德，永遠都是一件重要的事情。時到今日，我們不也仍然用孝順、用義氣去衡量一個人嗎？也正是因為這樣，所以當我們讀到十三妹的俠義行為時，才會拍手稱快。

回到十三妹身上吧。很多人對十三妹和何玉鳳的轉變很不能接受。認為前半本想表達十三妹的英雄氣概，後半本想表達何玉鳳的兒女嬌態，卻使得性格失常，像是不同的人。再說，十三妹劍氣俠骨，何玉鳳卻庸俗精明，讓很多讀者讀來失望。

其實，如果回到文康是旗人（滿族）的背景，這樣的「轉變」，就可以理解了。滿族是一個尚武的北方民族，在粗獷豪放的關外生活中，女子不但和男子一樣勞動，也擅長騎馬射箭。清朝這樣的巾幗英雄，可說是大有人在，因此文康創造出十三妹這樣的「英雄」形象是極為合理。

另外，婚後的何玉鳳轉入家庭，成為精明幹練的「賢婦」，喪失原本的朗豁俠氣，讓很多人扼腕蹙眉，不能接受。但是如果了解旗人的民俗和經濟困境，就能明白文康的安排了。

根據研究，滿族人喜歡的女子有個特點，就是「精明能幹，潑辣厲害」。不同於漢族女子只管理家庭瑣事，旗人婦女能夠行使家庭的大權，掌管家庭收支。而文康寫書的時代，旗人子弟面對經濟崩潰，生計無法維持的貧困窘境。所以文康認為婚後何玉鳳最重要的工作就是要主持家政，讓安家興旺發達，這是另類脂粉堆裡的「英雄」。由這一點來看，十三妹和何玉鳳並不是性格斷裂的兩個人。而謹守禮法和幹練的操持家務，甚至是一體兩面的事情。

我的改寫雖然沒有寫到何玉鳳婚後的生活，但卻花了些篇幅在

描述何玉鳳抗拒結婚的心情。為什麼何玉鳳在雙親死亡之後，只想清靜過日，不願涉入婚姻呢？有一個原因在於，何玉鳳很清楚，婚後是不能再無拘無束的過日子了。旗人女子未嫁在家時地位頗高，比漢族女子有更多受教育的機會，亦有較多自由，但嫁人作媳婦之後則是兩樣光景。旗人非常重禮節規矩，即使嫁入皇族的女性生活也相當辛苦：媳婦只要雞一鳴叫就要起床，先到公婆的房中裝菸，然後開始操持家務，中午與晚間還要照例裝菸，而且公婆一日三餐都要站著伺候，收到禮物必須先獻給公婆，如公婆賜還後才能收下。

　　滿族婦女是這樣的，誰都不可能例外。所以不管何玉鳳在婚前如何的浪拓不拘，她也明白婚後必須謹守禮法。再說，其實細心一點的讀者可能會注意到，何玉鳳出身於名門，雖然被逼得仗劍行走江湖，藐視「國法」，但她從來都是恪遵「禮法」的（不為母親戴孝是因為報仇心切，不遵守的是「禮」的形式，而不是本質）。何玉鳳救安驥的時候，危難之中仍然不忘男女授受不親。鄧九公邀何玉鳳一同飲宴，何玉鳳堅持男女不同席。何玉鳳有何玉鳳的時代，她的行為不可能超脫她的時代。只是我們的時代不大能接受這樣的行為。

　　讀到這裡，不知道你們是不是會希望，何玉鳳別結婚算了。這樣她還是那自由的十三妹。這個問題，我也想了很久。我改寫的時候，其實很忠於原著，特別是想保留原著的文字和精神。不過我也是個姑娘家，所以我寫的時候，就特別貼著十三妹（何玉鳳）的想法和感受。文康了解那個時代，但是我了解姑娘家的心情。文康比較沒有說明的部分，就是我可以發揮的部分。雖然兒

女英雄傳有言情的部分，但是文康只是帶過，沒有細膩的描述。他沒說，十三妹是否喜歡安驥，如果喜歡的話，是什麼時候喜歡，怎麼喜歡上的？

這些就是我想像的部分了。我反覆看了看原著，想了想。十三妹作弄安驥的時候覺得有些好玩，知道他的境遇時也有些同病相憐，也欣賞他的孝心孝行。但是安驥實在太軟弱了，強悍的十三妹對他可能有好感，不過也說不上很喜歡。但是在那個時代，愛情本來就不是成婚的基礎。條件對了，禮法合了，這椿婚姻就是天造地設的。

我想何玉鳳雖然抗拒婚姻，但其實她也期望有個歸宿的。無拘無束的生活，同時也是無依無靠的，她內心渴望溫暖，她重視感情，會因為安驥（安家）給的溫暖安心而動心的。那個時代結婚雖然不自由，但不結婚，卻是不得已的。沒有好人家的姑娘，願意孤單的過一輩子。何玉鳳不結婚的原因，固然是明白婚後的束縛，但是更多是為了掙一口氣，成就一片孝心，而立誓守一生的貞潔。對她來說，這才合了她的志氣。而張金鳳說服何玉鳳的理由，則全是扣著何玉鳳的心思。那場論辯，張金鳳口舌之利，絕對不下於何玉鳳的刀劍。呵，張金鳳以柔克剛，可也是個潑辣精明的角色。因為張金鳳存的是一片善意，所以這樣的潑辣厲害反而是種口舌的爽利。

我說了這麼多，無非是想讓讀者們了解那個時代的價值觀。越了解那個時代的價值觀，就越能進入兒女英雄傳這本書。這本書強調「忠孝節義」和因果報應。換個角度去看，文康理想中的世界是天理昭彰，人情圓滿。這樣的想像，這樣的信念，安慰了一個孤苦

的老人。當文康一筆一劃的用幾十萬字，去寫他的「童話」，他的「白日夢」，何嘗不是展現一種對生命積極與熱愛的態度。每一個安分守己，善良的人，最後都會得到上天的眷顧的。這樣單純的想像，又何嘗不是一種美好與淳厚的信念。

　　現在就請打開書，好好的走一趟大清盛世，見識那一個明朗爽利的女英雄──「十三妹」吧。

寫書的人
詹文維

　　這傢伙乍看很文靜，但其實熱愛運動。成功挑戰四十二公里的全程馬拉松，一直是她最得意的事情。和她熟了一點，會以為她很愛笑，但其實她很容易一個人看書看到哭。這輩子沒多少事情可以拿來說嘴，不過因為運氣好，加以做事認真，所以有機會讀到「臺灣大學」，見識到一堆比她厲害許多的朋友。因此這傢伙雖然窮，卻因為認識了這些人，而有了豐富的精神資產。

兒女英雄傳

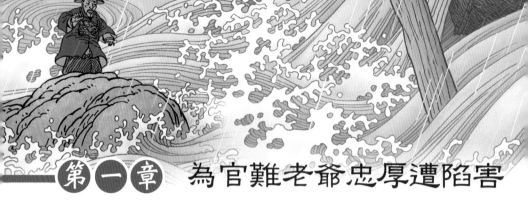

第一章 為官難老爺忠厚遭陷害

　　清朝康熙末年，京城住著一戶安姓人家。這戶人家祖上靠著汗馬功勞掙了個官職，也算是個世族舊家。現任主人安學海，則是憑藉著讀書，得到功名。

　　清朝的科舉制度，是一層又一層的關卡。先得考上個秀才，然後才有資格去各省的省會考鄉試，鄉試過了，便可掙得舉人的頭銜功名。之後，就要上京城去考進士。成了進士之後，才真正算是確保了當官的路。

　　話說這安學海，用功努力，二十歲就中了舉人。他的妻子——佟氏是個端莊賢慧的婦人，只是安家人丁不旺，兩人到三十歲之後才生了兒子——安驥。

　　這安驥的「驥」字，有千里馬的意思。他生得比女孩子還漂亮，聰明伶俐，皮膚白皙像是玉雕的一樣。父母自然是希望他將來如駿馬奔騰，前程萬里。安驥自幼養得尊貴溫順，不要說到外頭的戲館、飯館，就連自家大門，也從來不曾隨便跨出，或站在門外好奇

觀望，偶爾見到陌生一些的婦女，便會靦腆害羞得小臉通紅。

安學海雖然下筆成章，學問超群，可惜考運一直不好，自從中舉人之後，又考了二、三十年，卻始終考不上進士。平常的日子裡，個性恬淡的安學海除了守著祖業，為幾家親友子弟評改文章外，就是督促安驥早晚用功，期盼愛子一舉成名。

安驥十七歲那年，安學海本來已經有些心灰意冷，不願再去參加科舉考試。但是在安驥和佟氏的相勸下，又起了應考的念頭。沒想到，上天終於成全了他半生辛苦。在他一把年歲、白髮斑斑之際，終究讓他中了進士，了卻一樁心願，安學海為此還喜極落淚。

只是人生禍福相依，皇帝殿上御筆一批，欽點他當一個地方知縣，這卻讓安學海大喜之後，立刻陷入無止盡的煩惱之中。地方知縣的缺，如果是一個好利重祿的讀書人，沒有不喜出望外的。只是官場黑暗，若不違背良心行事，就算是得了百姓的心，也常不能合上司的意。往往上司一個輕踹，頭頂上的官帽就這麼掉了。到最後，就像黃粱一夢，不但一切落空，還白白的遭受一番羞辱。所以安學海考上進士之後，只希望能得個冷門的缺，以自己畢生所學為朝廷效力。

哪知道，命運卻不這樣安排。

　　之後，他感染風寒，生了場大病。安學海病得十分嚴重。風寒才剛好，又轉成瘧疾。瘧疾才好，又得了痢疾。他也只能請假養病。病好之後，他本來抱定不當官的想法，只是關心他的師友親戚，都勸他報效國家。安學海又是一個循規蹈矩的人，只好上報朝廷，銷了病假。這時候剛好遇到黃河潰堤，皇上挑選了十二名知縣，協助修築河堤等工程，這一下又把安學海從候補裡挑上了。

　　許多官員常藉口修河貪汙舞弊，侵吞公家錢糧。因此想當個清白的修河的官員，比單純的地方官更難為。安學海沒想到造化弄人，越想閃躲，偏偏越是避不開。他心一橫，硬著頭皮，認了。

　　安學海對佟氏說：「我怕到外頭做官，妳是知道的。此時，偏偏就走了這條路。能當官，實在是天恩浩蕩，我能不感激報效嗎？只是到外面做官，總得學些圓通的方法。可以通融的地方，我就通融行事。到了不能違背原則的時候，我也只能硬著頭皮做下去。行不行，我可就不知道了。所以我打算暫時不帶家眷，就帶幾個可靠的人先去看看情形。如果做得下去，我再派人來接妳和驥兒。」

兒女英雄傳

安學海是定了心，決定本著誠心，依照天理行事，個人禍福也只能拋在一旁。可是愛子的學業、婚姻，他卻不能不記掛著。

安學海吩咐說：「明年八月鄉試，驥兒務必要去觀看試場。我託了我的得意門生烏明阿多多照顧他。烏明阿是個正派的人，驥兒可以多和他親近學習。對了，前幾天有人給驥兒提親。」

佟氏一聽有人給安驥提親，連忙問：「說的是誰家？」

安學海說：「妳不必忙著問，這不是好親事。那是隆府上的姑娘，一般的闊氣人家。我打聽過，那姑娘脾氣驕縱，相貌也平常。我離開後，如果他再託人來說，就回覆說我沒留下話。」

「這是自然。我們驥兒要是明年鄉試再中，功成名就，也不怕沒那豪門富室找上門來提親。」佟氏對自家孩子可有信心的呢。

安學海說：「倒也不在乎豪門富室，只要賢慧端莊，能持家吃苦，就是南山裡、北村裡的姑娘都可以的。」

佟氏一笑。「瞧老爺說得跟真的一樣。我們的好孩子，怎麼就娶了個南山裡、北村裡的姑娘。這時候還說不到這些事，倒是老爺說要一個人先去的話，還要

商量商量。老爺大病才好，我怎麼能放心老爺一個人赴任呢？」說著，佟氏的眉頭鎖得緊緊的。

「驥兒這次鄉試，絕對不能不留在京城。既然留下他，就不能不留下妳照料。這也是沒法子的事。妳就放寬心吧。」安學海拍拍佟氏的肩膀安慰道。

安驥本來就為了父子分別而擔心難過，又聽到父母為了他的事情為難，便說：「我有一句話想說，只怕爹娘不准。依孩兒的糊塗見識，請爹娘儘管一起去，把我留在家裡。」

還沒等他說完，安學海和佟氏齊聲說：「這怎麼可以？」

安驥說：「當家管事我自然沒有這能力。但外邊的事情，現在爹娘已經安頓妥當了，家裡只要再留下兩個能幹的僕人照應就可以了。我平日不過查查問問，便可一心一意的用功。等鄉試之後，不管中與不中，就趕緊出發，隨後趕去，也不過半年多的時間。一舉兩得，不知這樣是

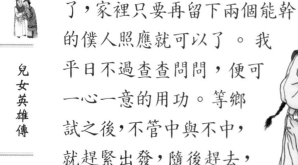

兒女英雄傳

否行得通？」

安學海、佟氏直搖頭。安驥把事情想得太簡單了。不過安學海再進一步深思，自己一人出門在外，比起來是更為不便，大家又彼此不放心，這樣也不是個辦法。

安學海想一想，便向佟氏說：「驥兒說的雖然是孩子話，卻也有些見識。這事本來就難以兩全。不如照著驥兒的話，讓他歷練歷練也好。他也大了，我們總不能事事跟著他。要是我早就外派任官，也不可能陪著他應考鄉試吧。」

佟氏自然是左右為難。但事情走到這個地步，實在別無辦法，便向安學海說：「老爺的見解自然不會錯，那就這樣決定吧。但是老爺前些天不是說要帶華忠去嗎？如今既然這樣，不如把華忠留給驥兒。那老頭勤勞謹慎，說話也囉唆嘮叨，有他跟著驥兒裡裡外外，我也放心點。」

安學海連說：「這樣有理。」

兩人再把細節商量妥當，便連日派僕人，收拾行李。又忙了幾天，一家人淚眼相對，依依不捨的道別。

道別之後，安學海與佟氏一路奔波，前往淮安地

方拜見負責河道所有事務的主官。這主官的官銜為「河道總督」，他出身低微，本來只是個擔任修河工程的小工頭，靠著貪汙舞弊、逢迎巴結一步步攀到了河道總督一職。他待人傲慢，居心陰險。與安學海一起被派發的那些官員早有一大半各自找了門路，帶了書信重禮搶著巴結，為的就是圖個好差事。偏偏安學海是個坦白正直的人，哪裡會留心這些事情，才剛見面就得罪河道總督，河道總督以為安學海仗著自己進士出身，瞧不起他，於是找了個最冷清的地方給安學海。

安學海要上任前，拜訪了幾位同僚。同僚推薦錢師爺和霍士端給安學海。霍士端長得獐頭鼠目，看上去就不是個安分的人。但因為同僚說這人做事情極為妥當，安學海只得留下他。

安學海就任後，某一天，接到河堤坍塌報修的公文。安學海勘查後，雖然不是太懂，粗略估計，修繕費也不過就是一百兩銀子左右，於是命令錢師爺擬稿向上呈報。錢師爺將一切資料填妥，卻在需修多少尺、需購多少料、需花多少錢糧這幾處空下未填。

安學海看得一頭霧水。照理說，需修多少尺，量得出來；需購多少料，也有規定；這錢糧一核算，數目就出來了，怎麼會沒有填報呢？

安學海只好親自去問錢師爺。錢師爺客套幾句之後，見安學海實在不明白「規矩」，也就照實說了。原來，官吏向來都把錢糧的數目虛報多填。多出來的銀兩自然是作為巴結上司，中飽私囊，打發下屬用。

安學海當然不願同流合汙，但底下吏屬的花用卻不好不幫忙一些，只好勉強說：「這外面的花費若是沒辦法省下，那只得幫忙。我自己帶在身邊的人就不用考量，一毛錢也不用花費。」

錢師爺只得依安學海的意，含糊的報了兩三百兩銀子的數目。從此之後衙門內外，人人都抱怨安學海呆頭呆腦，不會做人。

一天，朝廷忽然發了一封公文，將安學海調任到高堰當官。安學海正在納悶，就見霍士端興沖沖的前來道喜：「這實在是件想不到也求不到的好差事啊。如今調任了老爺，要不是上頭看重，就是老爺在京城裡有什麼強而有力的人情了。這次調動，老爺可要好好的報答上頭的情才可以呢。」

「我也不過竭盡心力，慎重運用皇上家的錢糧，愛護老百姓的性命，這就是報答上司的情了。難道還有別的法子不成？」安學海實在不明白其中的關連。

兒女英雄傳

霍士端看安學海古板而不通事理，露了個古怪的

笑。「重點不在這裡。下個月便是河臺大人的大壽了。老爺可得仔細打算才行。」

安學海說:「我已經備妥五十兩,照著公家的規矩,辦妥壽禮。」

「就這樣?」霍士端眉頭一皺,不敢相信。

安學海說:「不然要怎樣?」

霍士端靠近安學海,聲音略壓低,比手畫腳的說:「就小的知道,那淮揚的官員準備送個用赤金鑄成的四方硯臺,外面罩上一層漆,巧妙的送了上去。那河庫的官員手法更高,專門派人到河臺大人的老家去,買一頃地,把幫忙耕田的佃農都招好了,就這麼輕輕巧巧把地契裝進小匣子,當面送給河臺大人。這眾人的禮送得各有方法,如今老爺就這麼五十兩,怎麼能入河臺大人的眼?更何況老爺現在還調任了個美缺呢?」霍士端就差沒直接嫌棄五十兩寒酸。

「這可真的叫我為難了。別說我沒有這麼多的銀

兩，就是有，我也不肯這樣作。」安學海皺眉，有些不悅。

「這件事老爺有什麼不肯的？這是有來有去的買賣。不用動到老爺的錢，不過就是拿國庫裡的錢轉過來轉過去。弄得好了，利上加利。要弄不好，就怕我們無法穩占這個好差事啊。」霍士端語氣說得熱絡，掩不住言語的勢利。

安學海聽到這裡，表情一冷，揮揮手說：「你不必往下講了，去吧去吧。」

霍士端看這情形，知道安學海聽不進去他的話，只得無趣的退下了。

這一天，河臺的壽筵格外熱鬧，相形之下更顯得安學海的禮寒酸。安學海照規矩磕三個頭，吃了碗麵，便匆匆的拜別。

兒女英雄傳

高堰是個熱鬧繁華的地方，工段綿長，錢糧浩大，公事紛繁。安學海每天盡心忙碌，不得休息。這時正值春末夏初、水位高漲的時候，高堰被沖了一個缺口，安學海只得通報朝廷，要動用公款修復河堤。

河臺不僅不准安學海的請求，還責怪他辦事不力，

先摘去烏紗帽，限期一個月修復。

其實河臺早已惱怒安學海不懂禮數，輕看了他，又忌妒安學海進士出身，才情見識都在自己之上，一直想找個機會整整他。剛好高堰的前任官員另外找了個好差事，把這位子讓出來，於是讓河臺動了借刀殺人的念頭。

原來前任官員貪汙得厲害，偷工減料十分嚴重。河臺猜想等河水氾濫的季節一到，沿河的堤防八成靠不住，到時候藉機彈劾安學海，革了他的職，安學海也無話可說。要是安學海僥倖度過河水氾濫的問題，那他也可以做個順水人情，向上層讚美安學海，不怕安學海辦事不盡心盡力，這對他來說仍是有好處的。

看到這命令，安學海終於猜到了其中的曲折複雜。人生的禍福榮辱，他還看得開。他笑笑的接受命令，決心以國家百姓性命為重，在工地駐紮，與眾人同甘共苦。大家見安學海這樣清廉奉公，更是踴躍出力，才一個月就將工段紮紮實實的修築完畢。

偏偏完工之後，竟然又下了半個月的大雨。加上四川、湖北一帶河水暴漲，那洶湧的水勢，就這麼從別人上段的工程上開了個小口，硬是把新修的這段工

程，如排山似的沖坍，<u>安學海</u>急得目瞪口呆，只好連夜稟報。

河臺大怒，說：「工程還沒有驗收就已經坍塌，一定是偷工減料。」不但參了<u>安學海</u>，將他革職查問，還要他賠上修築河堤的公款五千兩銀子。

可憐的<u>安學海</u>從去年冬天任官，到如今不過半年時間，便丟官罷職，還得賠上公款，人生如此，正是如夢一場。

要賠的公款多達五千兩銀子，<u>安學海</u>是個兩袖清風的人，一時之間，哪裡找得出這麼多銀子？除了寫家書、打發僕人回京城變賣祖產之外，便是分頭寫信給往日的學生，拜託他們幫忙。

<u>淮安</u>到京城路途遙遠，在家中讀書的<u>安驥</u>雖然還沒收到家書，不過京城是天子腳下，消息傳得快，<u>安學海</u>被革去職務，賠上公款的消息，沒幾天的時間就登上官方所發行的報紙，親友得到消息，透了點口風給<u>安驥</u>知道。

<u>安驥</u>急著要請<u>安學海</u>的得意門生<u>烏明阿</u>去打探清楚，偏偏<u>烏明阿</u>新任欽差，前往<u>浙江</u>辦事，<u>安驥</u>無法得知更進一步的情況，急得像熱鍋上的螞蟻。

安驥又慌又亂，淚流不止，最後還是華忠替他拿主意，託人四處打聽，才確定狀況。華忠跟他商量後，決定跟放高利貸的不空和尚借錢應急。這兩天往來的親友多，紛紛亂亂，有人說他應該親自去，也有的說還得想想才好。安驥此時心亂如麻，滿口答應，也不和那些人爭論。但他已經下定決心，銀子借到手了，他要親自送去淮安。

這天，安驥的舅媽前來探望他。她一向都把安驥當作自己的親生孩子，才見了安驥，眼淚就掉個不停。「我的好孩子，怎麼會遇到這樣的禍事啊？」

安驥見到娘親似的舅媽，心裡更像是被石磨磨著般難受。「舅媽聽我說……」他把知道的事情一一說了出來。

就在這時，去借銀子的華忠回來，安驥連忙問：「怎麼樣？」

「奴才把好話說盡，那不空和尚才答應借二千兩銀子。公子跟他立個借據就沒有問題，只是和尚這利息吃得重哪！」華忠苦著臉回答。

安驥忙說：「眼前管不了這麼多了，得快點拿到銀子，我才能上路到淮安。」

「哎呀。」安驥的舅媽一聽，慌亂的阻止：「我的

好孩子，那可不成。連大門你都沒出去過幾次，更何況京城到淮安可有二、三千里路呢。而且我聽說，沿路不少地方鬧大水，車子都過不去了。這事我不准，你不許胡鬧。」

安驥本來就怕舅媽攔他，聽了這話，不禁急得滿臉通紅，兩眼含淚的說道：「舅媽，妳別攔我了。大水我不怕。車子不能走，我騎個牲口涉水也可以過的。我心裡已經急得恨不得立刻飛到淮安見到爹娘才好。再攔著不讓我去，我一定會焦急的生出一場大病，那時死了……」這句話還沒說完，安驥就放聲大哭起來。

安驥的舅媽一聽，既不捨又難過。想她這外甥平常百依百順，像個閨女似的，只因為一片孝心，才會這樣堅決，這樣固執，這樣膽大。她拉著他的手說：「好好好，你別著急、別委屈。我們去，我們去，有舅媽呢。」安驥的這片孝心，她不忍心不成全。

安驥的舅媽幫忙收拾，雇了牲口，籌了旅費，又

派華忠跟隨，才淚眼汪汪，依依不捨的看著安驥匆匆忙忙離開。

主僕兩人一路向南，路途奔波，幸好華忠謹慎可靠，服侍妥當。不但照料安驥的生活起居，又不時催著兩個騾夫，趁著白日時趕路，在天黑前入住旅店。

這一天，兩人在旅店歇著。安驥被店裡的臭蟲咬得睡不著，迷迷糊糊中，看到華忠才躺下，忽然又開門出去，一連來來回回多次，一回來就悶聲的「嗯嗯啊啊」唉個不停。

安驥緊張的翻起身，擔心的直問：「忠叔，你肚子疼？」

華忠應了一聲，也不說話，就這麼癱軟在屋角。

安驥慌張的跑了過去，只見華忠臉上發青，一摸他的手腳冰冰冷冷的，一會兒卻右手亂攪亂動，拉長脖子喊叫起來。安驥嚇得渾身發抖，眼淚直流，口中嚷著：「這怎麼辦？這可怎麼辦才好？」這一陣叫鬧，把店主人引來了。

幸好店主人見多識廣，知道這是中暑之類的急性病，得拿刮痧板，刮擦皮膚，減輕他的病症。經過店主人緊急處理後，華忠的手腳才漸漸熱了。但店主人不敢隨意幫華忠針灸，轉頭問安驥的意思，安驥卻只

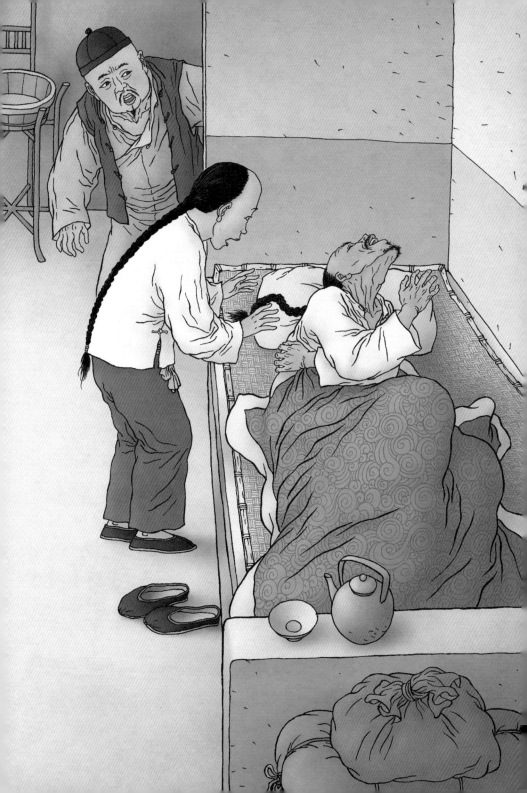

會乾著急，答不上話，還是華忠用手比著，店主人才扎了針。弄到大半夜，華忠累得昏昏睡去。

醒來後，華忠知道自己是大難不死，不過這病沒二、三十天是不可能好的。安驥只是傷心，全沒一點主意，望著華忠，兩眼都是淚光。

「我的好少爺，你先不要傷心。」華忠打起精神，故意輕鬆的說：「我這病大概也得休息個十天八天的，但是送銀兩給老爺的事情不能就這麼耽擱著。還好從這裡過了荏平，大路上的岔路往南二十里，有個地方叫做二十八棵紅柳樹，我的妹婿褚一官，就住在那裡當保鏢……」

說到這裡，華忠咳了一陣，安驥趕緊倒水給他喝。

華忠潤了潤喉嚨，接著又說：「少爺你照我的話，寫封信，把我們的情形跟他說，就說我求他一路把你送到淮安，老爺自然不會虧待他的。你的信別寫得太深，怕我妹婿不懂。我這就拜託店家找個辦事牢靠的人，明天跟你一起出發。你到荏平的悅來老店暫時住下，再給騾夫一些錢，叫他把信送到二十八棵紅柳樹，讓我妹婿來找你。」

安驥低頭想了想，問：「那為什麼不現在派人送信給你妹婿，我們一起在這裡等，不是更好嗎？」要他

離開華忠，他心裡總是不安。

華忠說：「我本來也這樣想。但是兩地相隔一百多里，路途遙遠，一來一回耽擱的時間多。再說，萬一我妹婿不在家，我妹妹一個女人家也不方便走一百多里路。倒不如少爺先走一半，再派人聯絡，只差個幾十里路，我妹妹也不會不方便。少爺，你依我這話是萬無一失的。」

安驥雖然不願意，但是見華忠想得周全，自己又急著見到雙親，也只好答應。「就聽忠叔的話。那我留下五十兩銀子給你當旅費，休養身體。」

「用不了那麼多，我留二十兩就夠了。少爺帶著救命錢，有幾句話可得牢牢記在心裡啊。這附近是盜賊出沒的地方，得格外小心。大路上人來人往，比較安全，小路儘量不要走。住了店，店家必須負責錢財的保管，可以不用太擔心。但是你也要記得財不露白，不相關的人別讓他進門。因為有些人會扮作乞丐、妓女替強盜作眼線，不可不防。還有『逢人只說三分話，未可全拋一片心』，千萬要記得啊！」華忠一想到安驥嬌生慣養，不了解世態人情，心裡不禁有千百個不捨和擔憂。

「你放心，我記下了。」安驥覺得有許多話要問，

卻說不出口。沒有華忠跟隨，這一路披星戴月，風吹雨淋，會是怎樣的艱辛，他也不敢想。

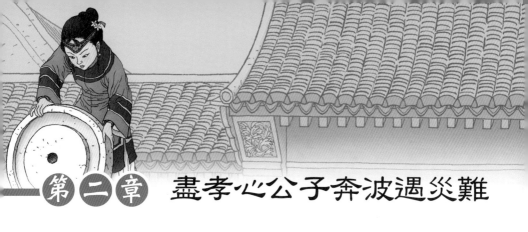

第二章　盡孝心公子奔波遇災難

　　安驥告別了華忠，帶著兩個騾夫上路。秋天時分，一片楓紅，風景十分美麗，只是安驥一心趕路，根本無意欣賞景致。本來一路有華忠照顧，除了受些風霜之外，途中的苦楚，他都不曾遭遇。可是到了茌平的悅來老店，他才知道事事都不如意：店家端來的洗臉木盆十分骯髒，他呆看半天，那盆水都涼了，他也沒有洗；店家送來的飯菜實在不合胃口，他泡了茶，隨便的吃半碗就擱下了；兩個騾夫，一個叫傻狗，一個叫白臉狼，他本來要傻狗送信，哪知道白臉狼也貪圖賞錢，說要一起去，他拗不過只得順了他們。

　　半路上，白臉狼看樹多幽靜，一屁股坐下，摘下帽子搧風。「傻狗啊，你真的要幫這公子把信送過去嗎？」

　　傻狗跟著坐下，說：「我們收了人家錢，能不幫人家嗎？」

　　「那些錢能做什麼？要的話就拿他手裡那兩、三

千兩銀子。」白臉狼奸詐一笑。

正說到這話的時候，只見一個人騎著一頭黑驢慢慢走了過來。

白臉狼一眼看見，低聲向傻狗說：「瞧，好一頭小黑驢，像墨一樣黑漆漆的，可是卻白耳朵、白眼圈、白肚子、白尾巴，還有著四個銀蹄。拿到市場上，碰見喜歡的買主，保證有好價錢。」

傻狗說：「你管人家呢？那頭驢子又不是你的。」

說話間，只見驢上的人一揮手，騎著驢子轉過山坡。

傻狗接著問白臉狼：「你剛剛說的是什麼意思？」

「幹我們這行，辛苦一輩子，能存什麼錢呢？這可是千載難逢的好機會啊。那精明的老頭病倒，正是我們的時運到了。我們找個地方好好快活半天，回到店裡就說見到那褚一官了，不過他沒空來，要公子自己到二十八棵紅柳樹去找他。等我們把那公子騙上路，不往南走，就帶他往北朝黑風崗走，到了山崗上，再

兒女英雄傳

把他往那沒底的山澗裡一推，這銀子、行李，不就是你我兩個人的嗎？」白臉狼低聲說著他的計畫。

「好是好，可是我們背著這些東西回去，萬一被人瞧出來可就糟了。」傻狗仍是有些擔心。

白臉狼往他頭上一敲，笑著說：「說你叫傻狗，你還真是傻狗哩！我們有了這銀子，還回去做什麼？那些銀子夠我們下半輩子逍遙快活啦！」

傻狗見錢眼開，傻呼呼的眉開眼笑。兩個人商量好，自以為神不知鬼不覺，搖頭晃腦的走了。

悅來老店裡，安驥等得既煩悶又不安。店裡熱熱鬧鬧，這屋裡低聲唱曲，那屋裡大聲吆喝，滿院子賣雜貨、賣布的往來穿梭。安驥看了頭昏，只想靜一靜，隨便把氈子鋪在床上，盤腿坐好，閉上眼睛，把自己念過的文章一篇篇背誦起來。背到得意的地方，還忘情的高聲朗誦。

突然一個冰涼硬挺的東西在他嘴唇上碰了一下，安驥嚇一跳，連忙睜開眼睛，只見有個穿著邋遢的人，頭上還貼著兩張狗皮膏藥，手裡拿著水煙袋*，「噗」

---

* 水煙袋：吸水煙的用具。以銅製成，下有盛水的筒，筒端有管可裝填菸絲，另外有長直管，藉以吸煙。吸時，煙氣通過水筒再吸入口中。

的一聲，往安驥面前送來。

安驥一慌，連忙說：「我不吃水煙！」

「那你抽潮煙吧？」那人掏出一根紫竹潮煙袋*，那竹根上面的皮都讓眾人的牙齒磨白了，安驥急著搖手，說道：「我也不吃潮煙。」他結結巴巴的把那人打發掉。

才打發一個，又有三個說書的瞎子，手裡打著一付拍板，叮叮咚咚的走來。安驥不理他們，只把簾子拉下，任由他們在門外鬧。

好一會兒，聽到聲音走得遠了，安驥才出來倒碗茶水，放在桌上等涼了喝。

只那麼一下子的時間，又進來兩個人。安驥一看，是兩個女子。大的差不多二十幾歲，小的大概十來歲，都穿著妖裡妖氣，抹了一臉厚厚的粉，一雙大腳大概四寸多長。

安驥一見，連忙說：「妳們快出去。」

兒女英雄傳

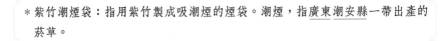

*紫竹潮煙袋：指用紫竹製成吸潮煙的煙袋。潮煙，指廣東潮安縣一帶出產的菸草。

兩人也不答話，就這麼自彈自唱，安驥躲在角落裡，著急的說：「我不聽這個。」

年紀大的女子說：「你不聽這個，那我唱小倆口爭被窩。」

安驥紅著臉說：「我都不聽。」

「一首曲子你已經聽了一半，要是不聽，也得給錢。」女子抱著琵琶說。

安驥只希望她們能快點出去，連忙拿出一把銅錢，捉了一半給她，哪知道女子嘻皮笑臉的把另一半也搶了去。

年紀小的女子也圍上來說她要。

安驥怕她靠近，趕緊又掏出一把銅錢給她。兩個人慢條斯理的把錢數一數，分成兩份，藏在褲腰裡。年紀大的女子把安驥放涼的那碗茶端起來「咕嚕咕嚕」的喝個精光。小的也抱起茶壺，嘴對嘴的灌了一肚子，才扭著屁股走出去。

安驥經過這些吵擾，又著急、又生氣、又害臊、又傷心，只盼望兩個騾夫早點找到褚一官，自己好有個依靠。

安驥正在想著事情，聽見外面有牲口蹄子的聲音。他心想應該是騾夫回來了，急忙出了房門，站在臺階

底下張大眼，焦慮的等著。

只見一個女子，騎著一頭四個蹄雪白發亮的小黑驢，走到院子裡，兩手一拉，那小黑驢站住，女子俐落的翻身下地，剛好和安驥面對面。

安驥留神一看，原來是一個絕色的年輕女子。

那女子眉如柳葉，眼如杏，美似芙蓉，豔比桃李。只是一雙黑白分明的眼睛，彷彿罩著寒霜，讓人不禁發冷打顫。

安驥連忙退了兩步，扭轉身子，要進房去，卻情不自禁又回頭一看。

那女子頭上罩著玄青縐紗頭巾，後腦綁了兩個角。一身青粗布衫，腳下一雙金蓮不到三寸。

安驥心裡想：「我一向怕見到陌生的婦女，一見面就會臉紅。但是在親戚家裡也見過不少女子，從來不曾見過這樣像是仙女一樣相貌的。奇怪的是，像她這樣絕美的女子，怎麼做這樣的打扮？」

他一面想著，轉身上了臺階，進了屋子，放下那半截的藍布簾子，偷偷的靠著簾縫往外又看。

只見那女子吩咐店裡小二拴好驢子，再等小二領她進了客房，女子便支開小二。她將門上的布簾子高高吊起來，又把屋裡的木椅挪到門邊，一言不發，眼

睛直直的向著安驥的房間看。

　　安驥不好意思的躲開，在屋裡來回走著，過一會兒，又到布簾子邊望望，見那女子還坐在那裡，目不轉睛的看著這裡。一連偷瞧了幾次都是如此，安驥當下便有些狐疑。他想了許久，想起華忠的叮嚀，怕女子是強盜放的眼線，心頭一驚，趕緊把門關上。誰知道這一動，門的栓子掉下去了，門又「呀」的一聲打開。他一急，手忙腳亂的想關好，才以為壓好門板，冷不防的又開了門，再去關的時候，看到那女子對著他的方向不停的冷笑。

　　安驥躲避她的視線，喃喃的碎念著：「不好，她一定是笑我呢！不要理她。只是這門關不住，可怎麼辦才好？」

　　他心裡正急，一眼看見遠遠的院子那頭放著大石磨，立刻心生一計。他一心以為只要把石磨拿來頂住門就萬無一失了。他張口想喊叫小二，無奈他向來低聲細語慣了，他想喊也喊不出來。為難了好一會兒，他只得低著頭，仗著膽子走

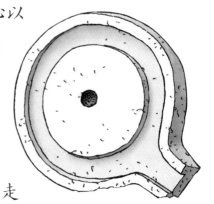

去叫住小二。

他支吾了半天，才說出自己的用意。小二一聽，連忙揮手搖頭：「我的大爺，這東西少說也有個三百斤。我要是拿得動的話，早就去考武狀元了，還來這兒招呼客人哩。」

小二轉身又要去忙，安驥怕沒人幫他，只得說：「那找幾個打更*的更夫呢？麻煩你叫他們幫我拿進來，我給他們幾個酒錢。」

「我的爺啊，你瞧那東西，真的有三百斤以上，恐怕未必能搬動啊。」小二又是一番推託。

好不容易，安驥說願意多加他們錢，小二才幫他去叫兩名更夫。兩個結實的更夫弄了半天，石磨就是紋風不動，只得去拿繩索、鋤頭。這一陣嚷嚷，院子裡已經圍了一群人。兩個更夫脫衣裳、綁辮子，摩拳擦掌的才要下鋤頭，只見對面的那個女子起身，姿態曼妙的走向前，問說：「你們這是做什麼？」

小二回答：「這位客人要把這石磨弄進房裡。妳一個姑娘家遠遠躲著瞧就好了，小心受傷。」

女子「噗哧」一聲的笑了出來：「不過就是塊石頭，

---

*打更：舊時值夜巡邏的人，每隔一段時間，一面敲鑼擊梆，一面報時。

怎麼會弄得人仰馬翻的？」

「不這樣行嗎？」兩個更夫有些不高興的說。

女子笑而不答，看了石磨一會兒，一聲不響的挽起袖子，兩隻小腳站定，腰桿一挺，兩手靠定那石磨，這麼一搖、一推、一攏、一摺，輕巧的運勁，石磨就這麼倒了。看得眾人禁不住齊聲喝采，兩個更夫嚇得目瞪口呆，不由得叫了一聲：「我的老天爺！」

安驥臉色發青，心中暗暗叫慘。他原本是要防那女子的，哪知道反而把女子招來，更叫他後悔著急的是，這女子的本領竟然這麼高強。

女子目光帶笑，右手順勢推轉，找到石磨的洞孔，伸進兩個指頭勾住，借力往上一蕩，就把那沉甸甸的石磨給提了起來。

「你們兩個也別閒著。」女子對更夫說道：「把這石磨上的土給我弄乾淨了。」兩個人答應了一聲，連忙手口並用的吹拂了一陣。

女子回過頭，嫣然一笑，滿臉含春的向安驥說：「公子，這石磨要放哪兒？」

安驥羞得滿臉通紅，只能躲著女子的視線，看著鞋尖，說了一句：「有勞姑娘了，就放屋裡。」

女子一手提著石磨，輕盈的挪動一雙小腳上了臺

兒女英雄傳

階，撩起布簾子，跨進門，輕輕的把那個石磨放在屋裡。轉過頭來，她氣定神閒，拍了拍手上的土，轉身在靠桌的那張椅子坐下。

安驥把布簾子掛起，閃在一邊，一心要讓那女子出來，沒想到女子竟然反客為主的說：「公子進屋裡坐。」

安驥不想進去，可是行李、銀子都在裡面，實在不放心，但要他進去，又不知要跟女子說些什麼，又該怎麼打發女子出去。猶豫了好一會兒，忽然靈機一動。他進到屋裡，忍著羞，向女子恭恭敬敬的行了個禮，算是道謝。

那女子也回了一個禮。

兩人彼此行禮後，安驥從懷中掏出兩袋錢，吞吞吐吐的說：「剛剛我有言在先，拿進這個石磨的人有賞錢。」

女子冷冷的笑了一笑，說：「豈有此理，我是貪圖這賞錢嗎？」她把小二叫來，讓他和更夫分了兩袋錢，三兩句話便打發了三個人離開。

看到女子這麼做，安驥立即

兒女英雄傳

生了一肚子的煩惱。他這下什麼辦法也沒了。正不知該如何是好的時候，女子卻嚷著說：「公子請坐，我有話請教你。請問公子貴姓大名？從哪裡來？要往哪裡去？怎麼就一個人單身上路呢？」

安驥聽她這麼問，想起華忠的叮嚀，不敢實話實說，只說：「我姓安，是保定人，要往河南去，謀個師爺的差事。我有個伙伴，在後頭走，大概也快到了。」

女子嘴角冷冷的勾起，笑了笑說：「原來如此。只是我還要請教，這個石磨又要做什麼用途？」

「我見這店裡的閒雜人等太多，不想要他們來煩我，想把門頂住，夜裡也嚴密謹慎些。」安驥說完，還以為這話算是說得頭頭是道。

安驥正在得意，卻見這女子冷冷的說：「你這人怎麼這樣白讀了詩書，不明世事？男女有別，你我又萍水相逢，若非有特別原因，我怎麼會苦苦相問？你這樣吞吞吐吐，是把我看成怎樣的人？」

安驥膽怯心虛，只得陪著笑臉說：「姑娘說哪裡話。我安某從不說謊，更不敢輕視人。」

「你怎麼看待我，我是不放在心上，誰叫我天生就是個好管閒事的人，但是你的話卻沒幾句是真心的。你說是南方保定人，但口音卻是北方人；你說要往河

南，但這條路卻是往江南走的。
還有，哪會有個要應徵師爺
的人，出門帶著兩、三千兩的
銀子？你有個伴雖然是真的，
只是他病了，一時片刻是趕不上
你的。」女子直直看著安驥。

聽到這裡，安驥已經是又驚又怕，女子卻還繼續
說：「哼，這些閒雜人等，吆喝兩句就會走了，哪裡需
要這個石磨？若是要防夜裡的盜匪小偷，那是店家的
事，不關你的事。再說，如果真的碰到有本事的人，
你那個石磨又能如何？你一直不說實話，不只辜負我
一片熱血心腸，怕的是還要耽誤你自身的事！」

女子驚人的本領與逼人的態度，緊緊壓迫得自小
嬌貴的安驥百般委屈，不能說話。他滿頭大汗，漲紅
臉皮，「哇」的一聲，哭了。

女子愣了一下，哈哈大笑起來：「這更奇了。你有
話倒是說啊，怎麼堂堂一個男子，竟當著我這姑娘家
的面前哭了。」

安驥更覺得羞愧，乾脆嗚嗚咽咽的痛哭起來。

「既然這樣就讓你哭個夠，等哭完了我還是要問，
你還是得說。」女子聳聳肩，準備等他哭完。

安驥想女子這麼厲害，既然瞞不過，乾脆一五一十的把事情經過都說了。

女子也有一段傷心酸楚的往事，正巧被安驥的遭遇觸動回憶，黑白分明的眼眸閃著淚光。窮途末路、舉目無親、遭人陷害、骨肉分別，她雖然不到二十，卻同樣都經歷了這人世流離的苦。女子眉頭深鎖，內心是又悲又恨。

她與安驥素昧平生，是因為在路上偶然聽見兩名騾夫設計陷害安驥的事，才激起她滿腔助人的義氣，如今更是動了她同病相憐的情懷。這不明世事的安驥，倒是有份難得的孝心。

女子快速抹去眼角溼潤的淚水，說：「你的事情包在我身上。一定讓你人財平安，父子團圓。你要找的褚一官，我也知道些消息，他是不會來了，你也不用等他。現在我有些小事，得親自走一趟。如果那兩名騾夫先回來，你也要等見了我的面，才可以和他們出發。這事很重要，你一定要聽我的話。」

女子再三叮囑後才騎了驢子離開。她來去無蹤，留下發傻的安驥。安驥心中滿滿的疑問。女子追問的樣子萬分凌厲，可是聽到他的遭遇，卻又雙眸含淚。兩人素昧平生，但女子臨別前那些叮囑，是如此的溫

暖親切。安驥不知道女子是好是壞，話是該信該疑，不過腦子裡倒是怎麼也無法揮去女子的形象。

店主人聽了這件事情，怕女子來歷古怪，會多生事端。正巧兩個騾夫回來，店主人與兩名騾夫便慫恿安驥早點上路。

未曾經歷人情世故的安驥，本來有意要等女子回來，但哪經得起這七言八語，心中一時慌亂，便趕忙收拾行李，帶著兩名騾夫和牲口離開。

兩人帶著安驥往北走了一段時間，路漸漸的崎嶇不平，亂石荒草，不見村落人煙，越走安驥心裡越怕。兩個騾夫安慰安驥，安驥還以為兩人為他盡心費力，心裡想著到了二十八棵紅柳樹，要好好打賞兩人。

白臉狼狠狠一鞭，催著騾子使勁狂奔，沒想到反而驚得路邊的貓頭鷹飛出，翅膀正好搧在騾子的眼睛上，騾子覺得疼痛，竟然就往山下跑去。騾子跑到一座破敗的古寺才停下來，但這一跑已累得三個人上氣不接下氣。

這古寺老樹盤根錯節，香煙冷清，一片荒涼。一個老和尚在門口坐著，安驥走上前和他談了兩句，才知道繞了遠路。

眼看太陽就要下山，安驥便聽從老和尚的建議在

兒女英雄傳

廟裡住一晚。老和尚帶著一行人在西邊禪房住下，又找兩個小和尚幫忙卸行李。兩個小和尚發現行李異常沉重時，相互使了個眼色，說：「我請住持出來招呼客人。」

　　這住持是個胖胖的和尚，他生得濃眉大眼，一張紅臉，酒糟鼻子，嘴邊一圈又硬又短的鬍子。他斯文的對安驥行禮，說了幾句話後，讓安驥在後院的禪房單獨住下，然後吩咐兩名小和尚：「把公子的行李放在西邊房間，你們好好的招呼公子。」

　　兩名小和尚笑嘻嘻的答應。原先坐在門口的老和尚也來幫忙點燈燭、倒茶、打洗臉水，讓安驥心中十分過意不去。

　　這時一輪明月漸漸東昇，照得院子十分明亮。和

尚們送來幾碟素菜，以及一盅酒。

胖和尚客氣的邀安驥共飲，安驥因為原本就不喝酒，幾次下來都只是敷衍了事的舉杯，沒有沾唇。胖和尚不死心的再次遞上酒杯勸酒，安驥用手謙讓，一時手滑沒有接住，連杯帶酒摔了個粉碎。想不到酒潑在地上，忽然「吱」的一聲，冒出一股火來，胖和尚立即翻臉，一手捉住安驥手腕，怒道：「你這人好沒禮貌，竟然潑了我的酒，摔了我的杯子。」

安驥沒想到胖和尚的力氣這麼大，「哎喲」一聲，疼得眼淚都要掉下來了。「大師父，我是失手，不要動怒。」

胖和尚不答話，只是從衣服裡抽出麻繩，俐落的把安驥的手捆住。安驥嚇得魂不附體，戰戰兢兢的哀求：「大師父不要生氣，看在菩薩分上，原諒我年輕無知，放我下來，我喝酒就是了。」

兒女英雄傳

胖和尚押著安驥，把他綁在廳柱上，招呼了另一個叫三兒的和尚拿傢伙。「來了，來了。」三兒一邊嚷著，一邊拿進一個盛著半盆涼水的銅盆，盆裡還擱了一把發亮的牛耳尖刀。

安驥嚇得一身雞皮疙瘩，腦門上「轟」的一聲，兩眼流淚，聲嘶力竭的哀求：「大師父，求您大發慈悲，

我還得去救我爹。您殺我一個，便是殺我一家啊。」

胖和尚睜大兩隻銅鈴眼，指著安驥說：「小子，別說傻話。你聽好，我也不是什麼大師父，大爺我是有名的『赤面虎黑風大王』。像你這樣的小子，我不知宰過多少。本來，大爺我今天發了慈悲，想給你口藥酒喝，讓你糊裡糊塗的死了，就沒事了。怎麼知道讓你看出來，抵死不喝。現在也不用喝了，一刀下去，看看你這心有幾個心眼。」

說著，牛耳尖刀一揮，割開了安驥的衣服，露出白嫩嫩的胸脯，刀一抵，劃了劃安驥的心窩。

可憐的安驥早就嚇得魂飛魄散，雙眼緊閉。胖和尚一刀就要刺下，忽然閃過一陣白光，一件暗器從半空裡撲來，胖和尚閃避不及，暗器狠狠的穿過腦門，胖和尚「哎呀」一聲，應聲倒下。

一旁的三兒以為胖和尚跌倒，嚇了一跳，說：「您老人家怎麼了？」才一轉身，另一件暗器從他的左耳打進，右耳穿出，直打到廳柱上，嵌在木頭裡邊一寸深。

三兒只來得及叫聲「我的——」，便帶著銅盆滾下臺階去了。

銅盆聲把安驥驚醒，他睜開眼睛，看見半空中有

一片紅光，像彩霞一樣的飛到面前，<u>安驥</u>仔細一看，才知道是位紅衣女子。

那紅衣女子左肩掛著一只彈弓，背上斜背著一個黃布包袱，俏麗的臉上罩著一層威風凜凜的寒霜。她一言不發，闖進房裡，探查了情形後，轉身把小和尚踢在牆邊，又單手扔開胖和尚的屍體，蹲身撿起那把牛耳尖刀，直直刺向<u>安驥</u>。

<u>安驥</u>只覺得這次肯定沒命，一陣害怕，身子發軟，無力的喊了一聲：「啊……」

第三章　行俠義英雄仗劍解困厄

女子用刀子俐落的割斷<u>安驥</u>身上的粗繩。「走。」女子簡短的說。

<u>安驥</u>慢慢鬆開原本緊握的拳頭，現在痛得連握拳都難。女子的話他不敢不聽，只是……他順著柱子往下一滑，坐在地上，淚流滿面的說：「我一步也走不動了。」

女子一聽，瞪了他一眼，才要伸手去扶，想到男女授受不親，又遲疑了一下。她把左肩的彈弓褪了下來，說：「你兩手攀住彈弓，我拉你起來。」

<u>安驥</u>狐疑的問：「我這樣大的人，小小彈弓怎麼撐得住我？」

女子不耐煩的回答：「你不要管，聽我的就是了。」

<u>安驥</u>只好依女子的話。沒想到這女子的本事果然很大，就這麼把他像釣魚一樣，輕巧的釣起。兩人進了西邊的一間廂房後，<u>安驥</u>雙膝一跪，說：「恩人如果不是過路神仙，那就必定是這間廟裡的菩薩了。要是

我父子能夠團聚，一定重修廟宇，再塑金身。」

女子笑了一聲：「你這話說得太好笑了吧。你不久前才跟我在<u>悅來老店</u>談了半天，又不是隔了十年八年，千里萬里，怎麼此時就把我認成了菩薩？」

<u>安驥</u>再留神一看，眼前女子果真是店裡那青衣女子。「姑娘，這不是我不相認，一來是姑娘妳這身裝扮，與店裡……相見……」

<u>安驥</u>支吾半天，話也說不完全，只會磕頭行禮。女子也不管他說什麼，只是解下黃布包袱，從衣襟底下抽出一把寒光冷冽的雁翎寶刀來。<u>安驥</u>一看，又「哎喲」了一聲。

「你這人怎麼這麼糊塗？我如果要殺你，剛才不是有把現成的尖刀。」女子冷冷的說道。

<u>安驥</u>連連答聲：「是，是。只是如今和尚已死，姑娘妳這刀還有什麼用？」

女子說：「現在不是閒談的時候。這包袱萬分重要，你給我緊緊守著。等一下院子裡有一場大熱鬧，你如果想看，可以在窗上戳個小洞，湊在上頭瞧瞧。不過，你可不許出聲，萬一你出聲，招惹了什麼事情，我照顧不來，你可沒那麼多條小命。」說著，她吹熄了燈，隨手把房門掩上，走了出去。

安驥牢牢守著女子的吩咐，靠在門旁，一屁股的坐在黃布包袱上，不敢吭上一聲，緊張的聽著外面的動靜。

　　過了一會兒，聽見遠遠有人說說笑笑。他舔破窗紙，往窗外一看，只見兩個和尚往這裡走來。

　　兩個和尚有些酒醉，本來喝得開心，忽然看見胖和尚與三兒的屍體，大驚失色，正要進房裡瞧個明白，女子便竄了出來。

　　兩人嚇了一跳，定神後，看了看女子，問：「我師父怎麼了？」

　　「你師父算是死了吧。」女子看也不看屍體一眼。

　　兩人不耐的說：「知道是死了。我問是誰打死他的？」

　　女子笑說：「我呀。」

　　其中一人憤憤的說：「妳幹嘛打死他？」

　　女子揚起眉頭。「就只准他打死人，不准我打死他？」

　　兩個和尚一聽，伸手要捉住女子。雙方一陣打鬥，女子不慌不忙的解決兩個和尚。這陣打鬥聲引來了四、五個高矮不一的和尚，拿著棍棒，一起包圍女子。女子輕巧的跳上房去，掀了兩片瓦，「刷」的射出，一名

和尚應聲倒下。女子又跳下來，藉著手中凌厲的雁翎寶刀，輕鬆撂倒其他人。

女子冷笑說：「這麼沒有能耐，也敢來送死？這廟裡像這樣沒有用的傢伙，還有多少？」話還沒說完，只聽腦後響起如雷的吼聲。「不多，還有一個。」

一個來勢洶洶的虎面和尚，舉起龍尾禪杖，劈頭就朝女子腦門擊下。女子側身躲開後，使刀回敬。

在一旁偷看的安驥，不禁為女子捏了把冷汗，只覺得一口氣喘不過來。

兩人衣著，一黑一紅，在冷月昏燈下，一來一往，並不時吆喝助威。禪杖與雁翎寶刀相激，迸出寒星萬點，兩人鬥得難分難解。女子見這和尚厲害，故意露個破綻引他來攻。和尚低估了女子，一個不留神，禪杖反被女子扣住。和尚一急，竟露出破綻，女子舉刀一砍，緊接著抬腿一踢。和尚站不穩，不由得撒了禪杖，仰面倒下。女子毫不猶豫，舉起他的禪杖，往下一砸。

安驥趕緊摀住眼睛不敢看。聽見女子說：「公子，如今廟裡的強盜都被我殺得差不多了。你好好的看著包袱，我把門窗給你關好，等會兒回來找你。」

安驥聽到要把他一人留在屋裡，急得連忙喊聲：「姑娘，妳別走。」

女子沒有回答，她把禪杖彎成兩半，兩頭插在兩個鐵環裡，再綁成麻花，正好把門關得緊緊的，這才往四處探尋。到了馬棚，見到數頭牲口，安驥的四匹騾子也在其中。草堆裡倒臥著兩個屍身，女子一看，正是那兩名意圖謀財害命的騾夫。她哼了一聲：「這還有些天理。」確認沒有藏人後才轉身離開。

到了某間大房間，裡面燈燭點得正亮，一名老和尚在裡面喝酒吃肉。他一見女子，正要嚷嚷，女子順手把他往下一按，低聲說：「不准喊，我有話問你。跟姑娘我交代明白的話，就饒你性命。」沒想到女子下手太重，老和尚竟一命歸西。

女子冷哼了一聲：「這麼不禁按。」隨手把桌上的燈拿起，屋裡屋外照著。行李堆上放著安驥要給褚一官的信。「原來在這。」女子自言自語，便把信放在懷裡。

女子四處找過後，沒見到還有其他和尚，便回到

禪房扭開鎖門的禪杖。安驥見她回來，哭喪著臉說：「姑娘，妳可終於回來了。剛才妳走後，險些沒把我嚇死。」

「難道又有什麼聲響不成？」女子嚇了一跳，忙問。

安驥急說：「豈止聲響，是直接進了屋子裡頭。」

女子眉頭一緊。「我不信，門關得這麼牢，怎麼進來？」

安驥嘆：「從窗子進來的。」

女子忙問：「進來後怎麼了？」

安驥比手畫腳的說：「牠就跳上桌子，把桌子上的菜舔了乾淨。我在這裡拍著窗戶，吆喝兩聲，牠才夾著尾巴跑了。」

「這到底什麼東西？」女子眉頭又緊緊的皺起。

「是隻挺大的大花貓。」安驥語氣還真的挺委屈。

女子又好笑又好氣，說：「你這人怎麼這麼沒用。我不跟你說這些，我還有要緊的事情要跟你說。」

她才要好好的跟安驥說話，卻聽見一陣悽慘的哭聲。

奇了？這廟裡和尚已被女子殺得乾淨，附近又沒有住戶，三更半夜，哪裡來的哭聲？

兒女英雄傳

安驥說：「這聲音哭了半天呢！」

「事有蹊蹺。」女子說著，捉好了刀，快步往外探尋哭聲來源。找了一會兒，才在堆木柴的房裡看到一只古怪的破鐘。女子掀開一看，看到一名老漢瑟縮的蹲著。「別害怕，我是來救你的。」女子安撫的說道。

老漢聽到女子的聲音，這才大了膽子抬頭。藉著投入柴房的月色，老漢看清女子的長相，突然哭喊的叫著：「我的兒啊，我以為今生再也見不到妳，原來妳還好端端的在這裡，只是妳娘怎麼不見了？」

女子皺眉說：「你是悶糊塗，認錯人了吧。」

老漢揉了揉眼睛一看，才曉得是自己認錯，慌得他連忙跪下，連聲磕頭。「姑娘，是小老兒眼瞎了，您必定是前來救我的菩薩。只是我還有個女兒跟老伴，也被這大和尚捉了。求您也去救救她們。」

「有這事？」女子眼睛一轉。「怪了，我剛才把這廟裡走了一遍，沒有看到其他人啊。」

「天哪！那一定是沒命了。」老漢不禁哭了起來。

女子看老漢哭得傷心，一股俠義心腸又被激起。「你先不要哭，在這裡等我，我一定幫你把人給救回來。」

老漢聽了，又深深的磕一個頭。

等到抬起頭來，女子早提著刀出去了。

她才踏入禪房，就聽安驥說：「姑娘，剛才這兒傳出來吵架的聲音。」

女子豎起耳朵，凝靜心思聽了一會兒，聲音竟然是從屋裡傳來的。她在江湖行走，聽說過能仁寺裡的和尚，專做謀財害命、拐藏婦女的事情。她猜想這屋內一定另有密室地道，便滿屋子的找尋。只是密道出入口極為隱密，她雖然聽到聲音，卻找不到機關，急得她怒氣沖沖的說：「就是翻了這廟也要找出來。」

女子到隔壁的廂房探尋，房內有兩個櫃子，南邊的櫃子虛掩著，雖然擺放日常用品，上面卻有一層厚厚的塵土，女子猜想這櫃子只是掩人耳目。北邊的櫃子卻上了個鎖，女子把鎖頭打開，看到櫃子內空著，背板平滑光亮，像是常有人出入的樣子。

櫃門一開，果然清楚的聽見吵架的內容。

一個尖細的聲音說：「喲，我好話說盡，妳怎麼還是聽不懂。張嘴就要罵人，動手就要打人呢？等大師父回來，妳看我跟不跟大師父告狀。」

一人破口罵說：「妳這禽獸說什麼我都不怕，這條命我也不要了。」

「事情到這個地步，我們好好求她，千萬別罵了。」一個蒼老的聲音急急說道。

女子聽到這裡，哪裡還按捺得住，用力的拍著櫃子的背板。

「來了，來了。」那尖細的聲音連聲說：「大師父您等等。」聲音越來越近，接著聽到扯開鎖鏈的聲音，那扇背板就從裡頭開了。

女子一看，探頭出來的是個醜陋卻打扮妖豔的中年婦人。

「喲，怎麼又一個長這模樣的人。妳是誰啊？」婦人沒多想，說著就要關門。

女子用手把門頂住，笑說：「我是大師父請來幫妳勸她的啊。」她順著剛剛聽見的話，假意說：「妳不讓我進去，我走就是了。」

婦人咧開嘴笑著說：「哎呀，原來是大水沖了龍王廟，自家人不認識自家人了。請到屋裡坐。」她這才

把門打開。

「妳先走。」女子順著婦人的腳步，穿過一道窄小的石階，進入一個地下的小房間。房間裡，一對母女坐在板凳上。那女子的容貌竟然與她一模一樣。

她大感驚訝。再細看那女子，穿著白綢上衣，雖然是一般鄉下姑娘的穿著打扮，卻透露著蕙質蘭心的靈秀氣息，溫柔不俗，只是哭得憔悴，讓人看了不忍。

紅衣女子走到她前面，打了個招呼，說：「這位姑娘，一個女孩兒淪落到這裡，當然要想個方法。妳先不要哭……」

話還沒說完，白衣女子就起身，惡狠狠的朝她吐了口口水。「呸，放屁。妳說的是什麼話？身為女人，我怎麼能甘心受辱？我倒可惜妳一副好女孩的模樣，卻與強盜一起幹這樣無恥的事。」

紅衣女子見她重視貞潔，性子剛烈，心中大喜，極為敬愛她的個性。「這才不枉費長得跟我一個模樣呢。」她心頭這麼想，向後退了一步，把臉上的口水抹淨，笑著嘆了一聲，說：「姑娘，妳受這樣的委屈，自然是又急又怒。不過我要請教，難道妳這樣哭泣叫罵就會沒事了？妳好好想想。」

白衣女子說：「我有什麼好想的，最多不過就是個

死。我不像妳這樣貪生怕死，甘心髒了自身清白，苟且過日，聽從那惡和尚指使。」

醜婦人插嘴說：「喲，妳沒瞧見人家背著一把刀，還罵不停呢！」

紅衣女子嫌醜婦人多嘴：「沒要妳多嘴。」說著，摸了摸身後的刀。

醜婦人心頭有些發毛，轉過頭小聲的說：「哼，不說就不說。」

紅衣女子轉身向白衣女子的母親和氣的說：「老人家，妳勸勸姑娘跟我出去透個氣，好嗎？」

老婦人對白衣女子說：「我看這姑娘跟妳說話客氣，也是一片好意吧。我們跟著出去好了？」

白衣女子說：「去就去，有什麼地方我不敢去的。」站起來就往外走。

醜婦人急得一把拉住她，嚷著：「等等，大師父吩咐了，不准妳走。」

紅衣女子抽出刀，把刀指向醜婦人，冷冷的說：「妳囉唆什麼？妳也跟著走。」

醜婦人只好拿著燈，跟著走出地窖。回到東側的廂房，紅衣女子讓那對母女在床上坐下，說：「姑娘稍坐，等我請個人來跟妳見見。」說著，拉著醜婦人的

手，把她帶到外頭。

看著她離開，白衣女子心頭納悶。紅衣女子的態度模樣不像是與惡和尚一起作惡的人。可是她跟醜婦人同進同出，又像是同一路的。

母女兩人四目相望，誰也理不出頭緒。沒多久，紅衣女子和醜婦人帶了老漢進門。

白衣女子一見他便奔了過去，哭喊著：「爹。」三人相見，哭成一片。

「幸虧這姑娘救了我的命，要不然我們三個人哪能再見啊？」老漢哭著說。

白衣女子才知道原來紅衣女子真的是一片好意，正要跪下，紅衣女子便說：「這繁文縟節就省了。你們坐好，把前因後果說清楚，我自然會幫你們安排。」

紅衣女子在窗下找了個凳子坐著，醜婦人緊跟著她，也想坐下，卻被紅衣女子喝斥：「妳另外找地方坐去。」

醜婦人低聲抱怨：「這是乞丐趕廟公了。」雖然是這麼說，她也不敢違逆紅衣女子的吩咐，從櫃子下拉了個小板凳一屁股的坐下。

老漢詳細的說明了被捉的來龍去脈。

「我叫張老實，是個河南地區的鄉下人。女兒叫

張金鳳，今年十八歲，從小跟著讀書的叔叔念書認字，所以除了縫衣煮飯，還能寫能算。家中生活本來還過得去，可是連遇三年天災，實在沒有辦法過活了，我們只好變賣家產，打算去投靠親戚做買賣。沒想到走到能仁寺，遇到大和尚強行想逼娶女兒，女兒不從，大和尚就把我關了起來。剩下的事我就不清楚了。」

老婦人接著說：「我和女兒被捉起來沒多久，那婦人就來勸說女兒了。」手還指著醜婦人。

紅衣女子對醜婦人說：「妳又是怎麼一回事，也說給我聽聽。」

醜婦人比手畫腳，得意的說著過去。她本來有一個丈夫，但丈夫好吃懶做，全靠大師父給她錢過日子。丈夫死後，她便跟著大師父穿金戴銀、吃香喝辣。說著說著，她還開始慫恿紅衣女子：「妳年輕貌美，不如和我一起服侍廟裡幾個和尚，日子可過得爽快輕鬆呢。」

醜婦人用語低俗無恥，聽到這裡，紅衣女子的怒氣再也忍不住，一言不發，反手拔刀，快手俐落，讓醜婦人連哼一聲都來不及，便「咕咚」往後一倒。

紅衣女子冷笑：「好一個無恥婦人。這樣喜歡妳大師父，讓妳跟他作伴去。」

「姑娘，妳怎麼……殺……殺了她……」張家二老嚇傻了，不停打顫。

張金鳳也愣了一下，畢竟這一幕太過駭人，但一想到醜婦人的言語和作為，她又拍手稱快：「殺得好。這一種像禽獸一樣的人，留她在世上做什麼？」

張家二老說：「女兒啊，她是大和尚的心上人，殺了她，我們還能活命嗎？」

紅衣女子笑說：「你們說來說去，就是怕那大和尚，我帶你們去看他。」

張金鳳他們雖然不願意見到那和尚，但紅衣女子這麼說，也只能跟著她。出了房門，只見月光之下，滿院橫倒豎臥一地的屍體，張家二老嚇得跌跤，說不出話。

張金鳳又是一愣，好一會兒，才欽佩的說道：「世上竟然有這樣一個與眾不同的大英雄，來作這樣驚人的事！」

紅衣女子聽了這話，笑出個酒窩，挑起眉頭，得意的指著自己說：「不敢欺騙姑娘，就是我！」

張金鳳拉回思緒，整件事情忽然都想明白了，她雙膝一跪：「姐姐哪裡是來勸我嫁給大和尚，姐姐是救我全家的菩薩，請受我全家一拜。」張家二老也跟著

叩頭。

　　紅衣女子連忙拉起他們：「快別這樣。」張家二老雖然起身，<u>張金鳳</u>還不願站起來，只說：「請問姐姐叫什麼名字？家住何處？怎麼知道我一家在這裡遭逢災難，前來搭救？還請姐姐說個明白，我<u>張金鳳</u>必當報答大恩。」

　　紅衣女子笑了笑。她看<u>張金鳳</u>個性剛毅貞烈，越看越喜歡，只覺得更加親近，笑說：「這說來話長，我不是為你們而來的。我先帶你們去見一個人。」

　　紅衣女子把身子往西一探，向裡面叫了一聲：「公子，出來吧！」<u>安驥</u>躲在後面的床炕裡，眾人的談話他都聽到了。只是他這一生不曾遭遇過這樣的凶險，見紅衣女子刀起刀落，雖然長了見識，卻不自覺嚇得

兒女英雄傳

尿溼褲子，他哪裡好意思出去？

紅衣女子見他始終不回話，不耐煩的提高嗓音：「你倒是從床上下來啊！」

安驥支吾半天，才低聲的說了。紅衣女子對這嬌貴公子的膽小實在無奈，嘆了一口氣，說：「你就是尿了，也得下床來。」

安驥聽紅衣女子催得急，只得跳下床。才一下床，就朝著紅衣女子跪下。紅衣女子豪爽氣派的坐在椅子上面，不閃不避，而張金鳳就站在紅衣女子身後，突然看見這麼一個唇紅齒白，俊美秀氣的公子跪在眼前，心跳咚咚的催快，羞得臉上生了兩團紅雲。她轉身就要走，卻被紅衣女子拉住。

紅衣女子對安驥說：「這兩位老人家是平民，而你是貴家公子，本來他們不應該和你坐在一起。但是如今大家都在患難之中，可不能自以為你的門第高，過去和兩個老人家以及我妹子行個禮吧。」

安驥對紅衣女子既感謝又欽佩，簡直把她當神仙一樣，自然聽話行事。

紅衣女子見彼此打過招呼後，便請眾人坐下，把事情說清楚。「妹子，妳剛才問我怎麼會來救妳。說實話，其實我是來救這位公子的。」接著，臉色一沉，

指著安驥，說：「現在你知道我是來救你了吧？」紅衣女子本來要安驥在悅來老店等她回來，誰知道安驥並沒有這麼做，她就知道，安驥一定是將她當成惡人，因此她才故意這樣說。

安驥連忙站了起來。「如果不是姑娘救我，就是有十個安驥也逃不出那惡和尚的手中。只是不知道姑娘怎麼會知道我在這兒，還希望姑娘說個明白，再求姑娘留下姓名，等我稟過父母，先給妳寫個長生牌位，香花供養。姑娘的救命大恩，日後必定圖報。」

「你知道我來救你就好了。至於報答這件事就不必再提，我的姓名也不必問。」紅衣女子揮揮手，對安驥的話一點也不在意。

「姐姐，話不是這麼說，就是妹妹我也一定要請問姐姐的姓名。姐姐雖然是施恩不望報，但也要給我們受人恩情的盡些報答的心意。姐姐要是不說，妹妹只好長跪不起。」張金鳳說著又要跪下。

紅衣女子連忙一把拉住她，說：「認識我的都叫我十三妹，你們就這麼叫吧。」她知道眾人心中一定有許多疑惑，就把事情從頭說清楚。

當她說到騾夫在路上商議謀財害命，以及她如何去悅來老店勸阻安驥時，安驥不禁窘紅著臉，說：「當

時我對姑娘的話半信半疑，那店主人和騾夫又催我離開，我才誤信他們的話。只是姑娘當時怎麼不直接說出原因，這樣姑娘不是比較省事嗎？」

十三妹從懷中掏出安驥交給兩名騾夫的信，冷冷的說：「哼，他們根本沒把信交給褚一官。這是我搜出來的信。現在經過這些事，我又拿出這封信，你當然相信我。但是當時我就算毫無隱瞞的說出，只怕你不僅不信，還要將我的話說給那兩個狼心狗肺的騾夫聽，這樣事情發展恐怕更不堪設想。」

安驥沒想到十三妹顧慮得這麼周全，連連拍腿點頭說：「不錯的。姑娘現在說我酸腐也好，說我俗氣也罷，我安驥對姑娘這樣神仙似的人，只有佩服得五體投地。」說著，又拜了下去。

十三妹把身子閃在一邊，也不來拉，也不還拜，只說：「倒不敢承受你這樣的大禮，也許是你一片孝心，才這樣命大。我折回悅來老店，沒見到你的人，只好上黑風崗找你。幸好今晚月色明朗，讓我能尋著騾子的足跡找到你，之後的事情也不用我多說了。」

張金鳳在一旁聽得入神，也聽得驚疑，忍不住

開了口：「同樣都是女子，姐姐怎麼有這樣好的本事？姐姐到底從何而來？叫我們怎麼報答這樣子的大恩？」

聽得張金鳳這樣問，十三妹好一會兒都不說話，眼眶忽然一紅，陷入深思，看起來再也不是剛剛伶牙俐齒、呼風喚雨、飛揚瀟灑的模樣。

十三妹緩緩的說：「我本來也是名門之後，爹爹是當朝武將，官職頗高。」她會說出這段過去，一來是因為心中和張金鳳親近，二來是因為不願意讓人輕視，將她看成一般的綠林大盜。

眾人聽到這裡，無不驚訝。

「我小時候也曾經讀書識字，不喜歡針線裁縫，偏偏愛舞刀弄劍。我爹膝下無子，就傳了我這身武藝。沒想到，我爹為了我的事情得罪上司，那壞人找了個藉口詆毀我爹，將他革職查問。我本來想報仇，卻因母親尚在，如果有個三長兩短，母親無人奉養，我只得忍下這口惡氣，帶著母親逃離家鄉，投奔住在這附近的一位老英雄。因緣際會，我剛好幫了老英雄一件事，保全他的英名，還給他掙了一口大氣。老英雄情願傾家蕩產，要把我母女請到他家照顧，只是我不願受人好處，當時只收他一匹驢。然後靠著把刀、這只彈弓，找機會尋些沒有主人的銀錢度日。」十三妹雲

兒女英雄傳

64

淡風輕的說著過去，眼眶卻不禁又紅了。

安驥看她一雙美目泛著淚光，又聽她忍著悲憤，說出這段傷心事，除了敬重之外，又動了一股異樣的情愫。只是他對男女之事，向來有些呆氣，並不明白這是情生意動，是不捨憐惜。

「什麼叫做沒有主人的銀錢？」安驥問。

十三妹嘴角一勾，笑說：「你是個公子哥兒，難怪這些你不懂。清廉所得的官俸、正當買賣、勤儉耕織這些都是有主人的錢。但是貪官汙吏貪贓枉法、惡霸壞人偷搶拐騙來的，這些都是沒主人的銀錢。這句話要說白了，就叫做女強盜。」

她原本是官宦名門的後代，也是個千金小姐，如今雖然表面說是仗著義氣，幹些俠烈豪爽的英雄事，卻怎麼也無法真的看開淪落江湖綠林的悲涼、委屈與無奈。

「姑娘言重了。這樣說來，唐代善舞劍的公孫大娘，以及女刺客聶隱娘也要說是強盜嗎？姑娘不但不是強盜，還是我生平僅見，未曾聽聞的紅粉英雄。」聽到十三妹自嘲，安驥不禁脫口而出。

文弱羞怯的安驥這句話出自肺腑，誠懇至極，說出來竟是格外的鏗鏘有力，不像平時咬文嚼字的滿口

空話。

　　十三妹心頭湧起一股暖意，不同於向來激昂快意的熱腸俠氣，這份暖意像含著香氣的春風，讓人感覺在呼吸間覺得一陣溫甜。十三妹眉目間慣有的寒霜冰雪，立刻消融。只是她嘴角一勾，眉頭一揚，又掩去了心緒的波動。「夠了，我可不聽這種話。我會幫你是因為你是個孝子，而且你父親的委屈，與我爹的冤枉十分相似。因此我才動了倔性，非幫你幫到底不可。你父親既是個兩袖清風的好官，這五千銀兩，只怕一時籌措不到，所以我去向那名老英雄借了銀子。我剛才不是交給你一個包袱嗎？你去把它取來。」

　　經十三妹一提，安驥連忙爬到床上，雙手抱起包袱，放在桌上。

　　十三妹打開包袱說：「這兩百兩黃金，應該足夠有三千兩銀子了，可保證你父子團聚，人財平安。」

　　黃澄澄的金子分外耀眼，張老實夫妻哪裡見過這麼多銀兩，直嚷著阿彌陀佛。張金鳳對十三妹更加敬佩。安驥愣了愣，沒想到十三妹竟有這麼深厚的心意，既感激她這份情，又慚愧自己竟將她誤認為惡人。

　　安驥一時百感交集，兩行眼

淚流得滿臉，抽抽噎噎的哭了起來：「姑娘……」

十三妹怕他又是一段文謅謅的感激，連忙打斷他：「你也別再謝了，要想報答我，就將這一院子的死屍給我背開。」

安驥愣愣的抬頭，結結巴巴的說：「這、這、這……」

「那、那、那……那就別再提什麼報恩的話了。你做你能做的事，我做我該做的事、想做的事。」十三妹明亮爽朗的一笑，話說得豪邁爽快。

十三妹看了他一眼，又看著張家三口，想著該如何送這四人安安穩穩的上路。她看了看安驥與張金鳳，一個巧妙的念頭成形。十三妹一笑，說：「眼前就一件事，我餓了。我看那廚房裡有現成的飯菜，你跟著去安排吧。」

安驥連連點頭，急忙答應：「是、是、是。」

看他呆頭呆腦的樣子，十三妹又想作弄他：「廚房的事情你會些什麼？」

安驥啞口無言，又愣住了。十三妹哈哈大笑：「剝蒜頭你會嗎？」

「會、會、會。」安驥說著，趕緊跟著張老實夫妻往廚房準備。

第四章　疼佳人俠女牽線成姻緣

　　張金鳳原本也要跟著往廚房幫忙，卻被十三妹拉住，爽快坦白的追問她有了婆家沒有？張金鳳羞怯的說：「叔叔再三交代，一定要找個讀書人，因此還不曾定過親。」

　　「這鄉下地區有什麼讀書人能配得上妹妹？」她眼睛轉了轉，笑吟吟的說：「不過眼前倒是有個書呆子，妹妹可將就些。」

　　張金鳳紅著臉看著十三妹，她這樣聰明伶俐的女孩兒，當然猜得出來十三妹口中的書呆子指的就是安驥。安驥的相貌、品學都好，哪有女孩子會不動心？只是兩人身分懸殊，她哪裡敢奢想這樣的姻緣。

　　「你看這安驥如何呢？」十三妹見她不說話，索性直接說了。

　　十三妹把話說白了，張金鳳無處閃躲，只得羞答答的轉過頭說：「姐姐，這種事情要爹娘作主，怎麼問起我來了？」

十三妹笑道：「這種事情當然是要爹娘作主，只是我得先問問妳的意思啊。」

張金鳳臉上羞得一片紅潮，心口跳得厲害，眼梢眉角俏含著女孩子的嬌態，心頭又酸又甜。

十三妹看她緊咬著牙，始終一句話也不說，又是一笑：「妳一句話都不說，那就用寫的吧。」她倒了半碗茶，蘸著茶，在桌上寫了兩行字。張金鳳偷偷看了一眼，只見一行寫的是「願意」，一行寫的是「不願意」。

「妹妹來吧。妳要願意，就把『不願意』三個字抹去。要是不願意，就把『願意』兩個字抹去。」十三妹說著，就去拉張金鳳的手，那張金鳳哪裡肯伸手，但是敵不過十三妹的力氣大，只好隨手亂抹。沒想到，好巧不巧的把一個「不」字抹去。

「喔，單把『不』字抹去，那便是願意願意！真是這樣，這件事交給姐姐，保證讓妳稱心如意。」十三妹笑嘻嘻的說。

張金鳳偷瞄著十三妹，既是羞甜、又是感激，不過心頭也生了疑惑。安驥這樣一個家世人品，是女孩子自然都會喜歡，十三妹卻心甘情願把這樣一段好姻緣送給了自己，這實在有些不合情理。

張金鳳想了想，猜測著：「十三妹應該也是喜歡安

驥，只是自己不好開口，所以才來個明修棧道，暗渡陳倉。先說定了我張金鳳的婚事，好借重我爹娘，給她做個月下老人，也成全她一樁美事。」

張金鳳心想要體貼十三妹的苦心，想得周全後，叫了一聲姐姐，說：「姐姐，妹妹念了幾年的書，只是有個故事，心裡始終想不明白，想要請教姐姐。」

十三妹見張金鳳想了又想的模樣，知道她話中有話，笑說：「說來聽聽。」

「記得佛陀還未成佛之前，曾割自己的肉來餵虎，掏自己的腸來餵鷹。佛陀當然是慈悲為懷，但是完全不顧慮自己的皮肉肝腸，這是為什麼呢？」張金鳳直直看著十三妹說。

十三妹冷笑了一聲：「妹妹這樣說就是輕看了我，我的心事與一般女子不同。」安驥雖然有些迂腐又有些沒膽子，但孝順善良、品行端正、相貌出眾，才學也高，對天下女子而言，都是難求的好姻緣。但是她十三妹的性情與他不合，再說……「妹妹，我敬重妳個性貞烈，愛憐妳有才有貌，喜歡妳靈巧聰明，把妳當知己。」十三妹輕嘆一聲，冷著臉，決絕的說道：「這姻緣二字，今生與我沒有關聯。」

張金鳳聽了這段話，更加狐疑，還要再問，卻聽

見安驥在門外喊著：「呼，呼，好燙，快開門。」

兩人的話讓安驥打斷，兩人開了門，見安驥與張家二老把熱騰騰的飯菜都端來了。幾個人圍在一起，輕鬆的閒聊笑談，各自飽餐一頓。十三妹食量極大，風捲殘雲似的，吃了一桌的肉、菜、七個饅頭，另外還補了四碗半的飯才放下筷子。「飯吃在肚子裡，上路的主意我也有了，我們商量商量。你們兩家子四個人，一家往北投靠親戚，一家往南尋找父親。我可沒有分身本事，看是要先送哪家好呢？」

安驥心中掛念父親，急說：「姑娘先答應了要送我，當然是先送我去。」

「那是你的想法！」十三妹手往胸前一擺，開口問：「人家一家三口呢？這廟裡死了一屋子的和尚，是要把他們留在這廟裡挨餓，還是等官府來追查？」

「他們三人一路上可以互相照顧的。」安驥想得單純。

「他們三個老的老，小的小，要是有辦法，怎麼會被強盜捉了？」十三妹反問。

安驥答不上話，十三妹也不理他，回頭問張老實夫妻說：「你二位老人家的意思怎麼樣？」

兩人還不知道怎麼回答才好，機巧靈敏的張金鳳，

便對十三妹說：「姐姐原本就是為了救公子而來，當然該好人做到底，送佛送上天。我一家三口，今天託公子的福，承蒙姐姐搭救，已經是萬分幸運。再來應該不會又遇到什麼意外，要是真的不幸遇到，也是命中注定。難道要叫姐姐保護我們一輩子不成？」

十三妹不答話，又轉過頭來，對著安驥說：「你聽聽人家說的才叫話。你聽了臉上也不害羞，心裡也過得去嗎？」

安驥唯唯諾諾的應著，不敢回答。另一方面，他也開始佩服張金鳳，一個姑娘說話、做事都這樣面面俱到。

只見十三妹起身離座，向張老實夫妻說：「這件事說到底呢，其實要二位老人家作主。要想保全四人都安然無事，只有把兩家合成一家，我一個人才好照顧。」

「怎麼合成一家呢？」張家二老問。

「我的意思是要給妹妹提門親事，給二位老人家找個女婿。不知道二位願不願意？」張金鳳臉一紅，聽了要走，十三妹一把拉住，把她按在身邊坐下，繼續說：「我想給妹妹和安驥說個親，不知道你們中不中意？」

張老實跳了起來，急說：「姑娘，安公子是官宦人

家，我是鄉下老頭，怎麼敢高攀？嚇死人了，罪過！罪過！」

十三妹笑嘻嘻的說：「這你們不用管，只說願不願意？」她知道張金鳳怕羞，特地說：「不用問你們姑娘，在家從父，自然是你們兩個說了算。」

張家二老對看了好一會兒，才說：「我們兩個自然是很願意的，這是打著燈籠都找不到的好女婿。只是我們哪敢說話，這得問過公子。」

「這事包在我身上，我可是一定要喝你們的謝媒茶。」十三妹成竹在胸。她猜想安驥一定會喜歡張金鳳這樣的好姑娘。如果他怕羞，不好意思答應也沒關係，他既然承受她的大恩，由她說媒，他還有什麼好顧忌的？

十三妹理所當然的說：「公子你應該沒什麼意見吧！」

安驥沒想到在這個節骨眼，十三妹說媒說到自己身上。他哪裡見過這樣直接了當的說親，又為難又著急的連連搖手說：「姑娘，這事情絕對不行啊。」

「怎麼？你是嫌我妹妹醜？還是嫌我妹妹窮？還

是嫌我妹妹沒有家世背景？」十三妹有些不悅。

「我怎麼敢嫌棄這些！」安驥說：「娶妻娶德，張姑娘性情體貼，相貌端莊，是個冰清玉潔的好姑娘，我哪裡敢有半點嫌棄。」

十三妹聽他這樣說，臉上才又有了笑容，說：「那一定是你已經定下親事了。這有什麼關係，像你這樣的子弟，娶個三妻四妾也是正常，沒有什麼不可以的。」

「沒有，沒有，我不曾定下什麼親事的。」安驥急急搖頭。

十三妹朗聲的笑著：「這就更好了啊，那你怎麼還不接受？」

安驥端正神情，說：「姑娘，我安驥這趟拋棄功名，變賣產業，離鄉背井，冒著危險，為的就是早日能營救父親。如今我恨不得飛到父親面前，怎麼有心情論及婚事？再說婚姻大事，一向是父母之命。萬一我父親不答應，那張姑娘不是白白被我耽誤，我也對不起姑娘您。姑娘，這樣看來，這樁婚事是絕對不可私定的。」

安驥雖然迂腐拘泥，但這話說得有情有理。十三妹一時面子掛不住，勉強冷笑一聲：「見你爹的事情，我已經說了，一定保證讓你人財平安、父子團圓，這

你就不用煩惱了。至於你說老人家日後不答應，這你也不必擔心。我妹妹可是好相貌、好性情的姑娘，這椿姻緣，又是我這樣多管閒事的人所作的媒，我就不相信老人家會像你這樣固執。而且事情到了這個地步，只有成功的道理，沒有破局的理由。不管你認為可以還是不可以，事情就這樣說定了，你自己好好想想。」十三妹軟裡帶硬的威脅。

沒想到，安驥雖然膽小靦腆，但卻是個死心眼的人，竟抬頭挺胸的高聲說：「姑娘不可以這樣做。『三軍可奪帥也，匹夫不可奪志。』我安驥寧可辜負姑娘的好意，當個無義的人，也絕對不敢背棄父母之命做個不孝子。」

十三妹眉頭一揚，森冷的說：「好。算我冒失糊塗，我沒話說了。不過只怕有個可以作主的，你未必能說服他。」

「哪個可以作主的這樣強人所難？」安驥不解的問。

十三妹一聽，心中的怒氣更加沖天，伸手從桌上撈起雁翎寶刀，在燈前一擺，說：「就是這把刀想問問你是可以還是不可以？」說話的時候，就見她手臂一揚，舉起寶刀作

勢砍下。

張家二老嚇得渾身發抖，<u>張老實</u>勉強說得出話，苦勸：「姑娘，這可使不得，有話好說。」

<u>張金鳳</u>心裡更急。剛剛<u>安驥</u>和<u>十三妹</u>兩個人一來一回，話越說越僵，她如坐針氈。現在弄到這個地步，她也顧不得害羞，連忙上前雙手抱住<u>十三妹</u>的胳臂，跪了下去：「姐姐請息怒，請聽妹妹一句話。」

「姐姐的用意是因為兩家不同路，妳無法兼顧，才要藉著親事將兩家合而為一。妳的心意除了我了解，爹娘和公子大概是不能明白的。但公子的話也有道理，公子既然拒絕，我們做女子的，雖然難為情，卻也應該懂事退避。只是剛才姐姐作了媒，爹娘也答應親事，我<u>張金鳳</u>只有一條路可走了。我遵照著姐姐的話，跟著爹娘送公子到<u>淮安</u>。到了<u>淮安</u>，<u>安</u>老爺、<u>安</u>夫人認為可以，妹妹就做他<u>安</u>家媳婦，要是他們不答應，妹妹還是<u>張</u>家女兒。只是姐姐既然說了親，妹妹也當自己許配了人，從此長齋念佛，奉養爹娘一生。」她這段話柔中帶剛，軟中帶硬，一要保住<u>安驥</u>性命，二要顧全<u>十三妹</u>臉面，三要為自己留個後路。

「唉。」鐵錚錚的<u>十三妹</u>也不禁連聲嘆息：「怎麼能讓妳如此委屈？」

安驥聽張金鳳說得深明大義，周全高明，又見她柔順體貼，貞烈自愛，心中大為憐惜敬愛，又懊惱自己剛才固執，把話說得不留情面，不曾顧及她女孩子家的心情。這樣好的絕代佳人，難道要她一生長齋念佛嗎？

安驥「咚」的跪在十三妹跟前，說：「姑娘別生氣了，是我一時想不透，聽了張姑娘的話，才讓我心中豁然開朗。如今就懇請姑娘主婚，把兩家併成一家，一起上路。到了淮安，我先向父母說明，懇求父母成全。要是天不從人願，張姑娘為我守貞，我就為她守義，一輩子不娶。這話天上神明都聽見了，如果我有違誓言，人神共憤。姑娘妳認為如何呢？」

張金鳳聽他說得憐愛誠摯，又羞又喜，只覺得眼眶熱了起來。

十三妹由怒轉喜，刀尖朝下一轉，笑嘻嘻的說：「這才像是男兒該說的話。」安驥這話才得她的心。她認為好男兒如果不能舞刀使劍，也應該有這樣真情摯愛，才能守護女子一輩子。父親死後，她對姻緣便絕了念頭，但她還是開心見到美好姻緣。

十三妹嘴角微揚一笑，那笑容卻顯得有些無力。

十三妹為了讓張金鳳嫁得風光，搜出和尚們的銀兩，除了取走幾十兩作為盤纏之外，剩下一千兩銀子分文不取，全留給張金鳳作嫁妝。

死了那麼多和尚，她怕連累張金鳳和安驥，特地和安驥借了塊硯臺，在牆上寫下幾個大字。

「他殺人汙佛地，為非作歹；我救苦下雲端，剷奸除惡。」

安驥這才知道，十三妹不只舞刀弄棒，胸中還有錦繡文采，筆墨飽滿淋漓，字跡龍飛鳳舞，讓他對十三妹更加敬服。

十三妹護送安驥等人離開，走了一段路後，說：「後面的路，每個地方都有惡人出沒，如果沒有我親自護送，難保安全。但我家有年老母親，不能離家太遠。如今看在我妹妹面子上，把我這只傳家的彈弓借給妹夫你。」

「姐姐，我哪裡會打這彈弓？況且姐姐這只珍貴的彈弓，我又怎麼可能拉得開啊？」安驥一臉不安。

「不用你打彈弓。你只要一路把它背在身上就可以了。」十三妹笑說。

眾人聽了，半信半疑，面面相

覷。

十三妹揚起一抹得意的笑：「明日你便會經過牝牛山，那裡肯定有一群強盜要來跟你借旅費。你聽好，到時候照我說的話去做就是了。」

十三妹告訴他如何和強盜應對。又叮嚀他到了淮安之後，一來要補辦張金鳳的婚事，二來要找個值得信賴的人還她彈弓。

張金鳳心細，問說：「姐姐，妳不肯說真實的姓名以及住處，將來要去哪裡找妳，又要去哪裡送還這彈弓？」

十三妹低頭想了一下，說：「那就請妹夫交給褚一官，請褚一官轉交給鄧九公。他倆是親戚，而鄧九公便是我之前提過的老英雄，他也算我的師父。這樣就萬無一失了。」

「聽起來很好，萬無一失，一失……啊！」安驥突然「哎呀」一聲：「難怪我總覺得少了什麼。不好了，我剛才看姐姐在牆上的書法看得出神，竟把祖父留下的寶硯留在能仁寺。別說這硯臺我爹十分看重，那上面還刻著祖父的名號。廟裡出了命案，萬一被人追究起來，那可不得了了！走，走，我們快點回去。」

他這麼一說，張家老小也跟著緊張。

「別急。」十三妹說：「不如由我去拿，也趁機查探廟裡和地方上的動靜。將來你還我彈弓，我還你寶硯，這樣不是簡單得多？」

安驥還在猶豫，這話卻正好說到了張金鳳的心裡，她連忙說：「姐姐說的有理，那就一言為定。」

「嗯。」十三妹騎上她的那頭黑驢，打了一鞭，轉頭說聲：「請了！」才一眨眼，像是矯捷的神龍躍入雲中，眾人都還來不及為別離難過，就不見她的蹤影了。

她總是這樣來去無蹤。安驥望著她消失的盡頭，愣了愣，不知道什麼時候才能再見到她，也不知道能不能有機會再見上一面？

他轉頭看著張金鳳，張金鳳正在擦拭眼角的淚光，一接觸到他的目光，臉上微微的透著嬌羞的紅暈。安驥也有些不好意思的對她溫柔一笑。

她與十三妹有著相同的模樣呢。

安驥不再去記掛十三妹。他覺得他對十三妹就只該有尊敬、感恩，不應該有其他什麼情意。而張金鳳

兒女英雄傳

才是他立誓共結連理、永結同心的妻子。

十三妹離開能仁寺後不久，荏平縣的縣太爺經過，發現這椿命案，原本要懸賞重金捉拿凶手，但一旁的下屬另外出了主意。下屬看見十三妹留下的字跡，猜想是身懷奇才異能的人路見不平，殺了這些為非作歹的和尚。命案既然破不了，不如就裝糊塗，將幾個和尚的屍體埋藏好，留下兩個和尚與婦人屍體，說是和尚爭風吃醋鬧出的一椿命案。一椿驚風駭浪的大案就這樣瞞天過海的了結。

安驥一行人拜別十三妹後，直往牤牛山前去。這天趁著月色走了一段路，煙霧慢慢的瀰漫上來，幾個人心裡逐漸不安。忽然一枝箭凌空射出，一群人擁著三個騎馬的男子從半山腰跑了下來，一字排開，擋住他們的去路，吆喝一聲：「站住！」

因為十三妹已經交代過，所以眾人心裡也有底，靜靜的把牲口拉住。

安驥心中即使還有些害怕，但一來能仁寺之夜讓他長了見識，二來是仗著十三妹的彈弓大了膽子。因此雖然是硬著頭皮對答，倒也不顯得慌張。

安驥走向前，對三人拱手說：「各位好漢，我們正

在趕路，不知各位為什麼攔路不放行？」

三個男子哈哈大笑，其中一個開口說：「跟你借旅費，看不出來嗎？」

「銀錢是有幾兩。但那是費了千辛萬苦弄來，要去救父親性命的，因此無法奉送。這裡有小小一只彈弓，還值幾文錢，贈送給各位好漢可好？」安驥說著，把彈弓解下來遞了過去。

帶頭的男子不悅的說：「誰要你這小小彈弓，快把金銀拿出來，要不然大爺們要動手了。」這人叫「海馬」周三，名號在江湖上也有些響亮，聽見安驥想用彈弓打發他們，不禁橫眉豎目，好像要把安驥拆骨扒皮一樣。

安驥帶著豁出去的氣勢，硬是擠出笑容，說：「先看一看這彈弓，要是真的沒半點價值，那時我再送上金銀也不遲。」

周三把手中的鞭子一甩，捲起彈弓接在手中，在月光下反覆看了看，口中大叫：「不得了啦，險些誤了大事。」他迅速下馬，問：「您可是從青雲峰十三妹那裡來的？」

安驥想起了十三妹在廟中的留言——「救苦下雲端」，因此回答：「正是。」

周三一聽安驥這樣說，態度立刻大大不同，恭敬的問：「十三妹姑娘有什麼交代嗎？」

　　「十三妹姑娘說各位都是仗義豪氣的英雄，因此借我這只彈弓作為一個憑據，請各位好漢看在這只彈弓情分上，借我兩頭牲口，另外還請兩位壯士護送我們到淮安。日後十三妹一定親自道謝。」安驥拱手說道。

　　周三聽了哈哈大笑，說：「言重，言重，怎麼敢讓十三妹姑娘費心？這彈弓請收好，十三妹姑娘的吩咐一定照辦。」他轉頭朝另外兩個頭目說：「就你們弟兄倆辛苦一趟吧。」兩人接到命令，急忙回山準備行李牲口。

　　安驥與周三等人便趁這段時間閒聊起來，才知道另一個小頭目竟然曾經在安學海手下當過小工頭。眾人都感佩安學海的清廉公正，也感慨這世上的正道難行，因此對安驥的態度更加和善親切。

　　說話間，上山去的兩個人已拉了兩頭驢子，連他們的隨身行李、武器都帶下山來。

　　周三吩咐：「你們二人這趟可不能當成兒戲。一來要遵守十三妹姑娘的規矩，二來要保住山寨的面子，

不能顧慮辛苦，開路鋪橋、住宿看車，都是你們的事。到了淮安，不可顯露身分，要趕緊回山。」二人一一答應。

周三轉身對安驥說：「公子你我相逢，三生有幸，來不及準備酒菜還請見諒。如今有他們一起前往，這一路上萬無一失。日後要是再見到十三妹姑娘，只說我海馬周三與李老、韓七三個人憑著這只彈弓，為姑娘做了些小小事，不足掛齒。天也快亮了，我就不再送行，在這裡告別了。」

周三對十三妹的敬重，讓安驥對十三妹的本事更加佩服。

安驥就在李老與韓七的護送下，平安順利的到達淮安。臨別時，安驥特地拿出一百兩銀子道謝，兩人卻是齊聲推辭，只說：「這個絕對不敢拿。一來是十三妹姑娘的託付，二來是我們大哥也有話說在前頭。只要公子日後見到十三妹姑娘時，說我們兩個這一趟沒有偷懶，我們就算有交代了。」兩人騎上驢子，頭也不回的走了。

安驥將銀子收好後，不禁感嘆的說：「沒想到強盜裡也有重義輕財的。」

張老實說：「這俗話說得好：『好漢不怕出身低。』
哪一行沒有好人哪，就是強盜也有不得已而淪落的
啊。」

安驥點頭稱是。自從認識十三妹這女英雄，他的
見識真的是越來越不同。

第五章　蒙天助老爺冤屈終得雪

　　安驥到了淮安，安頓好家眷、行李，便去打聽爹娘的落腳處。話說佟氏遭遇這事之後，只得在簡陋的旅店住下。安驥打探出母親寄居的旅店後，便急急的趕往。到了旅店，見環境髒亂破舊，而母親縮在窄小簡陋的屋裡，低頭作針線，更是傷心不捨。安驥喚了一聲娘，便「咚」的跪爬到佟氏身邊。佟氏聽見聲音急急抬頭，安驥哭喊：「娘，您還好嗎？」

　　佟氏看見安驥，也是一陣難過：「我的孩子，你怎麼來了？誰跟著你來的？」

　　安驥怕佟氏一下子聽見路上的情形，一定會非常悲傷驚恐，因此說：「娘先別忙著問，可以先告訴孩兒，爹最近身體還好嗎？應交的款項是否都有了？」

　　佟氏聽了，先嘆了口氣，才說：「唉！都是我們家運氣不好，誰想得到做官會落得這種地步。幸虧目前你爹的身體很好。這也多虧他的學問涵養深厚，看得開，這幾天臉色才能變好。只是手邊怎麼湊也才幾百

兩銀子，難以償還款項。給你爹的學生烏大爺寫了信，已經有些日子了，也沒回信，怎麼叫人不著急呢？」

安驥聽見安學海身體安康，心裡安定許多，才一一向佟氏稟明這些日子發生的事情。佟氏聽到驚恐處滿臉發青，想到安驥所受的苦，一抽一抽的又哭了起來。等到聽完十三妹贈金送別，胸中才略為舒暢，臉上表情也和緩下來。只是張金鳳的事情，安驥一時還說不出口，一直到佟氏問：「你與十三妹姑娘分別後，到底是誰跟著你來的？」

安驥趁機連忙站起來，藉著回話的機會，向佟氏稟明與張金鳳的婚事。佟氏聽著來龍去脈，十分喜愛張金鳳的性情，就不知道她相貌是否配得上安驥，特地問了張金鳳的模樣。

「長得好。」安驥說得都紅了一張俊臉。

佟氏笑逐顏開，差遣下人去請張家三口見面。一看張金鳳眉目秀麗，氣質幽靜嫻淑，體態明媚優雅，心裡便歡喜了。再聽張金鳳開口應對合宜，更是憐愛，當場摘下頭上戴的雁釵，褪下腕上的金鐲子給張金鳳戴上，認了這門親。安驥心中石頭落下，才敢說要去見安學海，並問了母親的主意，佟氏也把應該怎麼說，一一告訴他。

原來安學海被革職後，由山陽縣衙門看管，縣令知道他是個清官，而沒有把他關入監牢，反將他安頓在一個土地祠住下。

安驥從旅店出來，直奔土地祠，安學海從京城帶來的僕人一看到他，慌張的進去通報，才剛說聲：「公子來了。」安驥已經進門，見到父親，雙腳一跪，忍不住哭了出來。

安學海雖然也是難過的落了淚，卻不像佟氏那樣心緒全亂，他拉起安驥，問：「你來作什麼？沒去赴考嗎？」

第一句問題安驥就難以回答，只得穩定心神，擦拭眼淚答說：「正要去赴考，就聽到父親這消息，內心方寸大亂，就是應試也寫不出好文章。就算僥倖考中了，爹在這地方，我還有什麼心思顧慮功名？」

「父子天性，這也難怪你會如此了。」安學海嘆息一聲，沒有責罵他。

兒女英雄傳

　　安驥把自己作主變賣田產，離京找尋雙親的事情一一稟明，跟張金鳳聯姻的事也一字不少，原原本本道出。

　　安學海凝神靜氣聽著，心裡雖然有驚訝、歡喜、傷感、痛心，卻也只是搖頭、點頭、抬頭、低頭。一直到把話聽完，才透出一口氣，落下兩行淚，安驥也一陣嗚咽。

　　安學海定了心神，長長的吐了一口氣，說：「這張家姑娘聽起來是天賜的一段姻緣，你可不准嫌她父母是鄉下人，瞧不起她出身低微。等我償還了款項，再給你們作主成婚，我想你母親沒什麼不肯的。」

　　安驥當初推託婚事，就是擔憂一向嚴厲的安學海不答應，沒想到竟然就像十三妹所說的，安學海一口應允。他一方面對十三妹更加欽佩，另一方面則感念安學海深明大義。一想到這兒，他又忍不住掉眼淚，說：「娘已經同意了，只是那時還不知道爹是否答應。」

　　「這是好事，怎麼又哭了？只是我細想你剛才提及能仁寺一事。那些惡和尚傷天害理，死不足惜，十三妹姑娘這一番作為，取義成仁，說不上是作孽。但畢竟十三妹姑娘憑著一股豪俠義氣，她所做的事情仍然違反國家王法。我擔憂這一樁大案，要是遇到一個

公正的官員認真追查起來，反倒是讓人不能安心。」安學海說。

「這件事情應該不需要擔心了。前幾天在路上聽見人們談論，說是廟裡兩名和尚因為爭風吃醋，互相砍殺。這樁案子由一位縣官調查完畢，因為地方上不少百姓都受過和尚的氣，知道和尚死了，人人拍手叫好，還把那位縣官稱作青天大老爺。」安驥比手畫腳的說著。

安學海還怕是謠言，只說：「要是能這樣就最好了。」

安驥趁勢說：「應該不會有差錯。不過有件事情，孩兒一直記掛在心。」

「什麼事？」安學海忙問。

安驥把貪看十三妹題詞因而遺失硯臺的事情一五一十的說了。說著說著，還吟出那兩句：「他殺人汙佛地，為非作歹；我救苦下雲端，剷奸除惡。」

安學海嘖了兩聲，讚嘆說：「這十三妹姑娘好大的本領啊，一句話定了惡和尚的罪名，又留下那縣官的出路，難怪縣官會這樣了結這件案子。看她那樣機警，這件案子不但可以放心，硯臺也一定不會落在他人之手。」

兒女英雄傳

安驥說：「十三妹姑娘有留話，我將她家傳的彈弓送去，便可以取回硯臺。」

「家傳的彈弓……」安學海沉吟了一會兒：「這十三妹姑娘到底是什麼來歷，你再跟我說清楚一些。」

「孩兒也想知道，但十三妹姑娘始終不肯說。」安驥苦著臉回答。

安學海臉色一沉，嚴厲的說：「這是什麼話，我們受了十三妹姑娘這樣大恩，無論如何都要報答，怎麼可以不問個明白？」

安驥見父親板起了臉，也不敢辯解，只能說：「十三妹姑娘不肯說出姓名，但有提了幾句身世。」

安學海急忙說：「是怎樣的身世，你快說。」

「她父親是當朝武將，官職頗高……」安驥深怕安學海對他有所責罰，趕緊將所知道的全部說出。

安學海一聽，激動的變了臉色。「難道是她？」

安驥很少見到安學海這種神態，愣了一愣。只見安學海急急的用手指反覆的比畫著「十三妹」幾個字，忽然大拍桌子，喜形於色，開心的說：「這就是了，我終於知道了。」

他忙問安驥：「十三妹姑娘的左右鬢角上是不是有兩顆米心大的硃砂痣？」

「孩兒沒有留心，爹怎麼會這樣問？」安驥只覺得安學海天外飛來一筆，問得奇怪。

安學海不回答，只是再問：「那你能說說她的相貌嗎？」

「說到相貌，她的相貌就跟金鳳一模一樣。」安驥回答。

安學海笑說：「我還沒見過新媳婦呢！」

安驥俊臉一下子窘紅，嚥了口唾液才說：「這也難以說明，等爹看到金鳳就明白了。不同的是金鳳氣質幽嫻，而十三妹則是英風颯爽。」

安學海朗聲大笑，那模樣竟然比款項有了著落還要開懷。

安驥見安學海心情開朗，臉色有喜，忍不住問：「爹是猜到她的來歷了嗎？」

「不僅猜到。這件事你當然不明白，但就連你母親大概也未必想得到。這先不用談，等我事情處理完畢，一身清閒再慢慢說明。我自然還有其他安排。」安學海先把話題帶開，與安驥商量銀子該怎樣處理？公事如何了結？家眷怎麼安置？

安驥聽了安學海的指示，正要離開，僕人就來報告：「剛才奴才聽說河臺大人到碼頭去接欽差，請公子等等再走，不然遇到欽差，只怕還要再迴避呢。」

安學海問說：「也沒有聽見消息，怎麼忽然就來了個欽差？」

「奴才也是才聽說，說是什麼兵部來的吳大人。這位欽差來得機密，聽說昨夜五更到碼頭時，只帶了兩個僕人，坐了隻小船呢。」

安學海心想：「這個地方沒聽說有什麼案子，這欽差是為了什麼事情來的呢？應該還不至於要欽差來催收我欠下的款項吧。」

大家一時猜不出來，安學海笑說：「管他的，反正我是局外人，與我無關，何必費心思去想。」這樣一說，眾人也就不把這事情放在心上了。

欽差才下碼頭不久，大小官員急急前來迎接，只怕沒有巴結上。河臺更是把自己的八人大轎抬來，擺了大陣仗，恭請欽差上轎。欽差沒有拜會那些官員，他坐上一頂大轎，氣派威儀，一路上浩浩蕩蕩，直往山

陽縣而去。

　　一到縣衙，一群衙役老遠跑來，高聲在門前跪迎。欽差在轎裡問說：「有位被革職的安老爺，應該是在監牢裡吧。」

　　衙役慌忙稟報：「如果不在監牢，就是在縣裡衙門的土地祠。」

　　欽差前往縣裡衙門土地祠查問，把一個管獄的小官，嚇得渾身亂抖。大轎在土地祠停妥後，欽差命人遞上名片給安學海。當差的巡捕接過名片偷看一眼，名片上用端正的小楷寫著「受業烏明阿」，才知道原來欽差是安學海的學生。

　　安學海聽到欽差前來拜訪，臉上雖然鎮定，內心也不免驚疑，想著：「難道真的派欽差來催討款項嗎？」他伸手接過名片一看，笑了出來，說：「原來是他呀！說什麼吳大人，吳大人，我就想不起是誰了。」

　　烏明阿是安學海的得意門生，因為行事幹練，受到皇上重用。安學海在外地當官，並不曉得他新任欽差的事情。

　　安學海緩緩起身離座，說：「請他進來吧。」

　　烏明阿見到安學海，行了大禮之後，才說出緣由：「老師的信學生接到了。因手邊有這筆錢，不方便讓

兒女英雄傳

人送來。又正巧奉了皇命，要到這個地方來查訪一椿公事，便自己帶來了。」

安學海忙說：「我所欠的款項已經足夠，你再送來就是多了。我感受你的心意就可以了，再收你的銀兩，我就要不安心了。」

「銀子不是我一人的心意。」烏明阿說：「這是受過師恩的所有同學一起盡心的。我們幾個人如果不是受到老師教導指點，怎麼能求得富貴功名，又怎麼會懂得立身處世的道理？學生帶來的銀兩，懇請老師收下。學生還有句放肆的笑話，以老師依循道理行事的風格，處在這人心不古的地方，只怕往後還得預備個幾千兩銀子也說不定呢！」

安學海聽了，不禁大笑：「我說不過你，只是怕受之有愧了。」

烏明阿又說了幾句謙遜的話，然後使個眼色讓僕人退下，往前幾步靠近安學海，低聲問：「這裡的河臺被御史狠狠參了一本，說他貪贓

枉法，侵占公家錢糧。這事關係重大，學生初次奉旨查辦，不知道該如何辦理比較妥當，所以要向老師請教。」

安學海沉吟了一會兒，才說：「我剛來不久，河臺的行為舉止，我並不十分清楚。至於我這次被河臺參了一本，的確是因為公事沒有辦好，我沒有任何委屈。你既然奉了皇命前來，我認為的原則，是國家的法令要執行，國家的體制要顧全，查辦事情要精細明白，但做人存心仍要厚道，不知道你覺得怎麼樣？」

烏明阿以為安學海受了河臺無限的委屈壓抑，肯定有許多不平之鳴。誰知安學海沒有一字怨尤，這讓他更加佩服安學海的學識氣度，一陣閒聊之後，烏明阿起身告辭。

山陽縣知縣得知欽差和安學海長談的消息，急忙派人稟報河臺。河臺一驚，心中還沒有主意，烏明阿已經來到。烏明阿滿臉和氣，只說了些無關緊要的話，河臺準備的討好的話，一句都沒用上，烏明阿就告辭了。

為了在烏明阿面前作個大大的人情，河臺沒有等安學海交還款項，立即發了奏摺*，為安學海奏請官復

---

*奏摺：古代臣子向君主進奏的文書。

兒女英雄傳

原職。

　　接著幾天，烏明阿找了些精明強悍的下屬，連夜審查河臺的罪狀，沒多久便查出許多贓款。烏明阿派人去請河臺前來，並仍然以禮相待。等僕人送上茶水，烏明阿便將皇上的旨意、御史的奏摺與巡捕的口供都拿給河臺看。

　　河臺慌得臉色鐵青，目瞪口呆，又見上面有「如果查有贓款，馬上革職。所屬的職務，由烏明阿暫時代理」的字，嚇得磕頭認罪，說甘願貢獻一些銀兩，幫助公家辦事所需，只希望能減輕罪名。

　　「請大人親自提吧。雖然說自己訂定罰款，但也得有個交代的數目。」烏明阿啜了口茶說。

　　河臺說：「犯官打算盡力張羅十萬銀子入庫。」烏明阿笑了笑，沒有說話。

　　河臺頭皮發麻，試探的問：「大人認為如何？」

　　烏明阿笑笑的說：「我不方便多說的，但是皇上的意思可是要嚴格查辦，案情較重，近幾年的案都有個樣子在前頭。大人還得斟酌斟酌，別自己耽誤了自己。」

　　河臺連聲答應。為了保全性命，心裡一橫，變賣家產，寫了二十萬兩的銀子貢獻。皇上聖旨一下，河臺革職，流放邊疆，真是大快人心。

安學海交了款項後，專心為張金鳳與安驥完成婚姻大事，兩家合成一家，一團和氣。烏明阿力勸官復原職的安學海為國盡力，安學海只是敷衍。等烏明阿回京城後，佟氏忙著為安學海張羅要穿用的衣服，卻讓安學海打斷。「別忙這些了。我生性恬淡，經歷這次官場風波，更加心灰意懶。是因為烏明阿懇切的請我為國效力，我才拖到這個時候。前幾天，我已經把辭官的公文發了出去，準備要去處理一件大事。」

「什麼事？」安驥忙問。

安學海說：「難道救了我一家性命的十三妹，她的深恩重義，我們竟不想找她回報不成？」

「怎麼會不想報答呢？只是她又沒有清楚的住處、真實的姓名，要上哪去找她？」佟氏點出了問題所在。

安學海捻鬚笑著說：「驥兒曾說，那二十八棵紅柳樹的鄧九公是她的師父，自然是從這裡下手。」

張金鳳看安學海笑得成竹在胸，暗自想了想。她那天曾聽安驥說過，安學海似乎知道十三妹的來歷，現在看來，似乎是如此。想到這裡，她不禁露出欣喜的笑容，她只希望能早點見到她的十三妹姐姐。

佟氏熱心的附和說：「說得有理。我這就去交代他們準備。」

「嗯。」安學海點頭。

為了不耽擱行程，安學海和安驥與幾個僕人抄近路前往二十八棵紅柳樹，先在茌平的悅來老店住下，而家眷則託張老實一路照顧。

鄧九公在地方上名聲響亮，鄧家莊院寬闊氣派，安學海不費力氣就找到了。只是安學海前去拜訪的時候，鄧九公並不在家裡，管家說要三、五天才會回來，請安學海改天再來。

安學海只好轉而問褚一官的下落。管家正在忙，匆忙間也只說了在東莊那兒，就將門關上。

安學海問不到詳細的路，只好一邊往東走，一邊問人。誰知道路上的人卻回說，東莊要往西走，弄得安學海與安驥更加糊塗。

一路上又問了幾個人，竟然都不知道有個東莊。兩人只好先在茶館休息，順便向小二打探。

小二斬釘截鐵的說：「我們這兒沒有東莊！」說著，他比手畫腳，東南西北的指著：「這是金家村、那是黑家窩鋪，再過去是小鄧家莊。原本是鄧九公的房子，給了他姓褚的女婿住，又叫褚家莊。」

安學海一聽，忙問：「這姓褚的，是不是叫褚一官？」

「對啊！就是他。」小二連連點頭。

安學海笑說：「這我明白了。小鄧家莊就在鄧家莊的東面，所以他們自己才叫做東莊。只是怪了，褚一官不是華忠的妹婿嗎？怎麼成了鄧九公的女婿了？」

「先不管這麼多了。總之，我先去探查看看褚一官是否在家，再做打算。」安驥精神大振，他心裡盼著能早點見到十三妹，趕緊放下茶碗，兩步併作一步的去打聽了。

安學海就在茶館等著。沒多久，安驥帶了個臉面消瘦，頭髮蒼白的老頭回來。老頭一見安學海，滿臉淚流的哭了出來：「奴才華忠，誤了老爺的事。奴才該死，求老爺處罰。」原來老頭正是忠心耿耿的華忠，一場大病過後，瘦得不成原來的樣子，安學海愣了一會兒才認出來。

主僕經過這次別離才得以見面，安學海不但不怪罪，還溫和的好言安慰。經華忠說明之後，安學海才知道華忠病了一個月，銀錢用盡，變賣衣物，勉強走到二十八棵紅柳樹。好不容易見到褚一官，才曉得妹妹前不久過世，褚一官的師父鄧九公便將女兒嫁給他。因為鄧九公疼愛女兒，把東邊的房子

給了褚一官。鄧九公的女兒褚大娘子對華忠很好，因此鄧九公才肯留華忠住下。華忠今天是出來做兩件衣服，沒想到巧遇問路的安驥。至於褚一官這兩天有事不在家，一時見不到面。

安學海有些失望的說：「看來我們只好先到他家去等，我有話要跟他說。」

華忠露出為難的神色，在安學海的追問下，華忠才說：「鄧九公一個月有二十天都會到女兒家住。這個人靠著有幾歲年紀，又霸道、又蠻橫、又不講理，又不容許人說話。褚一官是怕得不得了，只有他這個女兒治得住他。他這幾天正在這裡住著，每天到離這裡不遠的青雲山去。從山裡回來後，不是傷心擦眼淚，就是長吁短嘆。不論誰來拜訪，他都不見，而且還吩咐，不相關的閒雜人等不許進門。」

「可是我有一只彈弓要還給這姓鄧的，我還得跟他說話，才能去拜訪一個人。」安學海也有些為難了。

華忠出了個主意：「等褚一官回來後，約他出來，好讓老爺可以問話。」

安學海一時想不出辦法，也只好依了華忠。於是，華忠打算先回小鄧家莊準備些茶水點心，招呼安學海吃喝，再幫安學海找個乾淨的地方住下。華忠快步回

去，沒多久，又跑著折回來，還帶來了好消息。原來，鄧九公的女兒特地請安學海過去家裡喝茶。

安學海聽了十分高興，與安驥一起過去。褚家娘子大約三十歲，見到安學海，行了禮後，直言說：「聽說老爺帶了只彈弓來拜訪人。我大膽請問老爺，這彈弓從哪裡來的？要拜訪的又是什麼樣的人？」

安學海見她不像是無意間提問，便照實說要找十三妹報恩。

「我爹有交給我一塊硯臺，說是要換回這只彈弓，只是我不曉得中間有這些曲折。唉，可惜您來遲一步，只怕見不著十三妹了。」褚家娘子說。

安學海忙問緣故。只見褚家娘子再嘆一口氣，說：「這十三妹兩、三年前來到這裡，和我爹成了師徒後，便在東南青雲山搭了幾間茅屋和她娘住下。我與她雖是親密，但她絕口不提她的身家背景。前幾天她母親死了，她遭遇這樣大的事，竟然也不舉哀，也不守靈，也不穿孝，打算停靈七天，就在這山中埋葬，然後就要遠走高飛。」

安學海詫異的問：「她要遠走高飛，到哪裡去呢？」

安驥聽到這裡，立即有股不祥的預感。他想起十三妹曾經說過，她父親被害後，她原本想報仇，因為

有老母親要奉養，只好忍下。如今母親過世，她這樣孝順的女兒，竟不舉哀、不守靈、不服喪，恐怕她遠走高飛，並不是要隱逸避世，而是要去報不共戴天的血海深仇。

這麼一想，安驥又急又慌。他知道她一身本事，輪不到他替她擔心。但是，他就是憂慮又……又捨不得她。

褚家娘子說：「我這兩天聽我爹的口氣，心想要有大事發生了。他說什麼英雄好漢就該轟轟烈烈的作一場。我攔阻不下，這幾天心正慌，聽到老爺來了，我心想您是個念書做官的人，總比我們有見識謀略，求求老爺，想個方法見到十三妹，將她留下。若是老爺要找我爹商量，還請老爺委屈一些。」

安驥著急的望著安學海，氣自己現在想不出個法子來說服那鄧九公，惱自己見不著那讓人掛心的十三妹。

「如果能跟妳父親商量個周全的方法，哪有什麼委屈？」安學海笑了一下。

「我爹的性子暴躁如烈火轟雷的，很不好說話。但是他喜歡聽人家讚美他幾句，又愛喝酒，遇到酒量

大的，心情就好。老爺就陪他喝個幾杯。」褚家娘子說起鄧九公的性子也有些頭疼。

安學海笑說：「他是英雄豪傑，稱讚他幾句是應該的。至於喝酒這事，倒是不難，我這酒量大概可以勉強奉陪。」

褚家娘子聽了大喜。這時候褚一官也回來了，見到安學海，恭敬的請了安。褚家娘子將剛才的話告訴他，褚一官口裡雖然答應，心裡卻是忐忑不安。他陪安學海吃著點心，剛談了幾句，就聽見前面僕人嚷了一聲：「老爺子回來了！」

褚一官一聽，腳步一快，就要往外跑，連華忠也有些慌亂，拿不定主意的模樣，兩個服侍的僕人，則是嚇得躲了起來，不見蹤影。安學海和安驥忍不住想，到底鄧九公是個怎麼樣的人呢？

第六章　感恩惠安家合心尋芳蹤

鄧九公身材高大，一張紅臉，星眼劍眉，高鼻子大耳朵，最引人注意的是他那把蓋過肚子的銀白鬍鬚，足足有二尺多長，被風吹得飄飄然。雖然是八十多歲的人，看上去也不過六十歲左右。他一手搓著兩個大鐵球，從莊門口大踏步的嚷著進來：「我不是說我這幾天有心事，不管是誰，我都不接待，怎麼門口還停了牲口和車輛？一官，怎麼？你住在這裡，就是你的地盤，我連一件事情都作不了主嗎？」

褚一官連忙答說：「老爺子，您是一家之主，說的話誰敢不聽？只因為今天來的不是外人，是我大舅子那邊的，不好意思不讓人進來喝碗茶。」

「這時我碰上煩心的事情，舅爺有什麼高貴的親友，該請他到華府上去。」鄧九公說。

華忠聽這話衝著他來，趕緊陪笑說：「親家老爺，您老人家聽我說，這要是我平時認得的普通人，我絕對不會請他進來。不過因為他是我家主人，不好不奉

杯茶。」

這話說得頭頭是道，哪曉得鄧九公眉頭竟然擰了起來，說：「什麼主人？誰是主人？我鄧老九只敬天地父母，我就是主人！那主人一個能賣幾個錢啊？」

「您老人家可別這麼說。」褚一官開口想勸鄧九公，誰知道反而激怒了他，鄧九公一直嚷著，說褚一官和華忠聯合欺負他，掄起拳頭就要和兩個人較量。

安驥見了，暗叫不妙。就在這時，安學海已走到鄧九公面前，深深的一鞠躬，說：「九公老人家，請先不要動手，我有一句話要稟告。」

鄧九公看安學海穿著體面，不像個普通人，因此問褚一官：「這是誰？」

華忠連忙說：「這就是我們家主人。」

安學海趕緊斥喝華忠：「你怎麼還是這樣的說法。」

安學海轉而對鄧九公說：「我從這裡路過，遇見我這姓華的僕人，因此才見到褚爺。褚爺提起九公也住在這裡，我早就久聞大名，想要拜見九公。他們確實是再三推辭，說不方便，都怪我不知進退的道理，堅持一定要等到九公，這事與他們兩人無關。現在竟然惹得九公不高興，我當然要立刻告退。請不要因為我這外人，破壞了你們親人的情分啊。」說完又鞠了個

躬。

這幾句話，說得鄧九公心裡舒坦，說：「你先不用急著走。我聽說舅爺跟的是個當官的。這麼吧，你先說個姓名，我來聽聽。」

「不敢當，我姓安，名字叫學海。」安學海微微一笑。

只見鄧九公兩眼瞪大，哈了一聲，說：「你叫安學海？難道是做過高堰外河官員，被河臺冤枉而參了一本的安青天，安大人嗎？」

安學海說：「我的確做過幾天，如今辭官不做了。」

鄧九公把手一拍，態度立即大不相同。他瞪大眼睛說：「這位安老爺是個清如水、明如鏡的好官。再說，我可是在高堰土生土長的人，他在那裡當官，就是我的父母官。如今他來，你們怎麼連個大廳也不開，就這樣委屈了安老爺。」

褚一官等人雖然被罵得冤枉，但是也慶幸鄧九公轉怒為喜，急忙張羅招呼。鄧九公把鐵球收在懷裡，朝安學海行了個禮。

安學海知道鄧九公是個重視義氣、有口無心、年高好勝的人，真心的稱讚了他幾句，並向他行禮，又說要認鄧九公做個兄弟。鄧九公喜出望外，眉開眼笑。

他一生行走，雖然在江湖上交了無數朋友，但就少了像安學海這樣一個人物。

雙方越談越投機，安學海叫安驥出來，對鄧九公行禮。

安驥是個唇紅齒白、風姿瀟灑、文質彬彬的公子，鄧九公見了也不禁歡喜，望著安學海說：「老弟，你好福氣。」

安驥略帶靦腆的笑著。起初見到鄧九公的強勢，他只覺得這人不通情理，幾句話聽了下來，才明白他的豪爽真性情。想到十三妹曾說鄧九公是她的師父，安驥對這老人家又多了幾分莫名的好感。只是不知道如何才能向鄧九公問出十三妹的事情，讓他又愁又急。

這時褚一官正端上三碗茶水。鄧九公一見，不開心的說：「這樣的壺、這樣的碗、這樣的茶怎麼是敬客的禮？把最好的都拿出來。」

褚一官忙著說是，才轉身要走，安學海攔著說：「我不太喝茶的。說了你可別笑我，我生平就喜歡喝個兩杯，不知道這裡有沒有？」

「怎麼？老弟也能喝上幾杯嗎？」鄧九公急急的問。

安學海笑說：「年輕的時候不知道什麼是醉，現在

只能喝上個二、三十斤。」

鄧九公聽了，樂得直跳起來。「幸會，幸會。有趣，有趣，怎麼也想不到我今天竟然能遇到這樣一個知己……」

鄧九公這下可真的把安學海當成知己，說起話來，滔滔不絕。褚家娘子提議讓安學海多留兩天，好盡情的把酒言歡。

安學海心想，鄧九公雖然是個粗豪爽朗的漢子，但畢竟久經世故，要他說出真話，恐怕也不是一時半刻的事情，也就順勢說：「如此好極，只是打擾你們了。」說著，便叫華忠送安驥回去，再把行李搬來。

安驥掛心十三妹的事情，有些不願意離開，但是也知道自己留下來是幫不上忙的，只得聽從安學海的安排。

鄧九公請安學海進到內院，還讓自己的後來再娶的妻子出來拜見安學海。安學海看鄧九公對待自己的確親近，趁著酒酣耳熱之際，說：「我剛才跟褚爺談論江湖中的人物，提起這附近一個有名的豪傑，問了褚爺，褚爺竟然不太清楚。」

鄧九公笑說：「哈，我也沒聽過這附近有什麼有名的豪傑。」

安學海說：「你不可能沒聽過。我以為普天之下，就只有你應該認得這人。除了你之外，旁人也不配認得她。」

「喔？」鄧九公最禁不得別人吹捧，說：「你說來聽聽？」

安學海望著鄧九公說：「這人人稱她十三妹。」

鄧九公放下杯子，瞪大眼睛。「老弟，你是怎麼曉得這個人的？」

安學海微微一笑，說：「你先不要問我怎麼曉得這個人，你只說這人算不算得上是人中豪傑？你是不是認識她呢？」

鄧九公豎起大拇指，大聲讚嘆：「何止是豪傑，全天下的男子在她面前，只怕都該羞愧而死。我不只認識她，她還要算是我的恩人呢！」

安學海心中暗喜，嘴上卻還說：「她終究只是個年輕女子。你這樣的年紀、這樣顯赫的名聲，怎麼說她是你的恩人呢？這倒是有趣，是否願意說給我聽呢？」

「酒涼了。我們換一換，我好好的說一說。」鄧九公笑著說。

褚家娘子換上熱的酒菜，鄧九公說起了結識十三妹的往事。

鄧九公年少的時候，讀書無成才改學武功。仗著一身的本事，替人當保鏢，負責押送貨物。整整六十年，沒有出過事情。本來八十歲他就要退出江湖，但是那些做大買賣的商人，苦苦哀求，因此又走了五年的鏢。

退休那年，感激他的商人送來禮物，又為他掛了個「名鎮江湖」的匾額。鄧九公在自家庭院搭戲臺，盛大的開席慶祝。一連熱鬧了三天，就在大家正開心的時候，來了一個奇怪的訪客。

那訪客背著藍布纏的東西，看上去像是藏著一把兵器，後面跟著一個人，手裡托著一個紅漆小盒，兩人走上廳，拱手行禮。

鄧九公問說：「請問閣下有什麼事嗎？」

訪客說：「姓鄧的，我們見過面。今天你賀喜慶功，

特地來跟你較量的。」

鄧九公想了想，皺著眉：「請恕我眼拙，一時想不起來我們在哪裡見過。」

訪客說：「我叫<u>海馬周三</u>，曾在<u>牤牛山</u>吃過你一鞭子。」

鄧九公這才想起來。五年前，他從京城裡押鏢，遇到同行的鏢貨被<u>牤牛山</u>的<u>周三</u>搶走，他路見不平，趕上去奪回鏢貨。沒想到<u>周三</u>懷恨在心，趁著今天要讓他在眾人面前難堪。

「朋友，你錯怪了我。這同行相救，是我們的行規，更何況事情過了這麼久，你今天既然前來，何不借著現成的這杯酒，化解過去的誤會。」<u>鄧九公</u>笑說。

當中有些人也上前為兩人和解，不過<u>周三</u>不為所動，說：「不必在這裡叫我喝茶喝酒的，那天分別後，我就苦苦的等著再度跟你比試。今天在這裡當著在座的各位，請他們作個證明，要跟你借個一萬、八千的銀子，補償我<u>牤牛山</u>那樁買賣。再不然，我這盒子裡裝著胭脂香粉，你打扮好了，就在這臺上，扭一扭給我瞧瞧。我腿一拍，人就走了。」說完，把紅漆小盒打開，放在桌上。

兒女英雄傳

鄧九公怒火中燒，朗聲笑說：「原來只是要一萬兩。

我鄧老九還準備得起。」不管旁人的勸阻，他要下人當著整院賓客面前把一萬兩放在桌上。「不過朋友，我鄧老九的銀子，要拿也得憑本事。我如果輸你，銀子你拿去，哪怕我受了重傷，也會抹那脂粉，戴那頭花。不過要是我的兵器不長眼睛，不小心傷了你，那也是天公地道，誰都得認的事。」

說著，兩人各執鋼鞭，來來往往，難分難解，惡鬥了幾回合。周三經過苦練，一條鞭使得風雨不透，鄧九公難以討到便宜。

就在這時，十三妹從人群中閃了出來，使一把雁翎寶刀，把兩人的鋼鞭，用刀背往下一挑，說：「你們兩個先住手，我有句公道話要說。」

鄧九公和周三聽了，各自收回兵器。只見十三妹年紀輕輕，容貌出眾，身穿孝服，戴著孝髻，斜背著一只彈弓。

忽然一枝飛鏢朝十三妹打來，鄧九公才要提醒她，十三妹已經偏頭閃過。接著第二枝鏢又打來，這一回十三妹把鏢接在手裡，反手使勁發鏢，擊落了朝她而來的第三枝鏢。

「鏗」的一聲，兩枝鏢相撞，冒了一股火花，雙雙落地。旁人連聲喝采，發鏢的人卻嚇得不知躲到哪

裡去了。十三妹也不去找他，更不在意，向兩人說：「你們這場爭鬥，我不問你們誰是誰非。不過你們兩個人，一個憑藉著自家的地盤，一個仗著傷人的暗器，就算是贏了，也不光采。這光不光采與我無關，只是我要問問，怎麼輸的那個人，就該擦脂抹粉、戴頭花？難道這女子中，就不許有個英雄？如今你們兩個先別急著動手。這一桌銀子算我的。你們看誰要與我鬥鬥，我們來看誰輸誰贏？誰要戴花抹粉？」十三妹一張俏麗的臉，似笑非笑，一雙發亮的眼眸，光采逼人。

鄧九公行走江湖多年，心知十三妹絕非等閒之輩，不過周三見十三妹只是個小女孩，冷不防的對她抽上一鞭。

十三妹順勢躲開，手腕一翻，雁翎寶刀從鞭底往上一刷，把周三那森冷的鋼鞭，硬是削成兩段，眾人連連叫好。周三的手下，早就混入酒席，埋伏在裡面，見周三落敗，二、三十名大漢從人群中竄出，要圍住十三妹。

十三妹一抬腳，把周三壓制在地，冷冽的刀鋒抵住他，說：「你們哪個敢上前，我就先宰了這匹海馬。」那群人聽到這話，嚇得停在原地。

十三妹嘴角一勾，笑說：「那就偏勞你們幾個人，

把那紅漆盒子拿過來，給你們大王好好打扮，好讓他上臺扭一扭。」

周三高聲叫說：「這位女英雄，怪我自己有眼不識泰山，今天才會當場出醜。如今我沒有臉面再活下去，就是死在妳刀下也算值得。妳殺了我吧，什麼都不必說了。」

周三的手下急著丟下武器，跪倒哀求：「請女英雄高抬貴手，給我們頭兒留些顏面，大恩大德，我們一定會好好報答的。」

十三妹冷笑一聲：「剛才這老先生如果讓你們一鞭打倒，顏面何在？剛才姑娘我要是被你們的暗器傷到，我的顏面又何在？」

眾人無話可說，冷汗直流，只有磕頭認錯。

十三妹瞄了眾人一眼：「我與鄧九公非親非故，也不貪圖那萬兩銀子。今天出手全因路見不平，拔刀相助。你們幾個看起來頗有誠意，我就暫且留下他的頭，饒過他，也不再羞辱他。只是你們得當著眾人的面和主人家道歉，往後不准再為難主人家。這二十八棵

紅柳樹方圓百里內也不准騷擾。還有……」十三妹揚起手中的刀：「認清我這雁翎寶刀和這只彈弓，往後見到這兩件東西，都要照我的話辦事。這三件事，你們可答應嗎？」

眾人還沒開口，周三便喊：「只要不用戴花抹粉，都答應都答應，再無反悔。」眾人齊聲應和，喊著「答應，答應」，十三妹這才放了周三。

周三領了眾人向鄧九公道歉，要走的時候，鄧九公連忙扶了周三起身。「朋友，勝敗是兵家常事。今天這件事，從此不再提起一個字。我跟你做一個不打不相識的好朋友，好不好？」

一場生死惡鬥，因為十三妹的出現，竟然歡喜和解。鄧九公要敬十三妹酒，十三妹以還在服孝，而且男女不同席為理由婉拒，然後邁開腳步，輕快如飛，轉眼間不見蹤影。

鄧九公打聽到十三妹落腳處，見她與又聾又病的母親暫住在客店，生活清苦，想要將那萬兩銀子送給十三妹，她卻是分文不取。十三妹只與他認作師徒，請他給個隱蔽的地方住下，除此之外一無所求。這兩、三年以來，她只收過鄧九公一頭能日行五百里的小黑驢，剩下全憑藉一口雁翎寶刀，自食其力。

安學海聽到這裡，說：「真是個奇女子。我難得到此，你與她有這樣的情誼，是否可以引薦我與她見上一面？」

鄧九公聽了這話，愣了一愣，說：「如果你們能見上一面，那當然是一椿美事。只可惜老弟你來晚了一步，她沒多久就要遠走高飛，去那天涯海角，你見不到她了。」

「這是為什麼？」安學海故作驚疑。

鄧九公未語淚先流，嘆了一聲：「老弟，有件事，我藏在心頭好苦啊。連家裡人都不曾提起，但是你既然問到，我們又一見如故，這話我再也憋不住了。十三妹身上有殺父大仇，只因為還要奉養老母親，所以沒有去報仇。沒想到她的母親得急病，前幾天過世了。她也不穿孝，只等七日一過，葬了母親，就要去報這不共戴天之仇。我也不知道她什麼時候才會再回來？何時我們師徒才能重逢？」

安學海故意問：「不知她父親是誰？為什麼得罪仇家？」

鄧九公搖手說：「這一切我都不知道。」

「她都將這個機密大事跟你說，你哪裡有不追問的道理？」安學海用話激著鄧九公。

　　鄧九公不高興的嚷說：「我還會騙你嗎？她是個怎樣好強倔性的人啊？她不想說的，就是怎麼求她問她也是沒有用的。反過來，她要說的話、要做的事，也沒人能攔她。」

　　「你既然知道她的性情，怎麼就這樣眼睜睜的看她去送死？」安學海嘆了口氣。

　　「她那本事，就是千軍萬馬也不用怕，老弟你不用替她操心了。俗話說：『父仇不共戴天。』又說：『君子有成人之美。』我幫她葬了老母親，讓她無牽掛的去做件英雄大事，才算盡了幾分我以德報德的心。」鄧九公哈哈笑了起來。

　　安學海搖頭，神情嚴肅的說：「你不是以德報德，恰恰是以怨報德啊。十三妹這條命，算是斷送在你手上了！」

　　鄧九公一驚，說：「老弟，你這話怎麼說？」

　　「十三妹的心事，你問不出來，難道就不會想想看嗎？她是難得一見的奇才，做事順著性情。作得來的事情，也作；作不來的事情，也要獨來獨往，拚了自己的性命不要，只求爽快稱心的報仇。你行走江湖多年，難道真以為一個人就能走過千山萬水，殺那千軍萬馬嗎？她那仇人肯定不是平常人，如果報不了仇，

她活著有什麼意思？可是就算是報了仇，她活著也同樣沒什麼樂趣。她犯了王法，國家容不下她，而她一個人舉目無親，天涯孤零，要不是披髮入山修行，要不然也只能看破生死！」安學海仔細分析，字字句句都合情合理。

鄧九公額上冒出豆大的汗，結結巴巴的說。「我……我與她師徒一場……她一定知道我這裡總有個收留她的地方。」

「你怎麼還不明白她呢？她這樣脾氣的人，哪裡肯接受你半點恩惠，又怎麼願意拖累你呢？」安學海又嘆了一口氣。

鄧九公人一下子垮了，整個人像洩了氣一樣愣愣坐著。

褚家娘子在旁邊說：「爹，您老人家先不要焦躁。您看安二叔，話說得情理通徹，他是個念書當官的人，您問問他，說不定他有什麼法子。」

安學海接口說：「這辦法總想得出來的。」

鄧九公一聽，想都不想，雙腳跪下，急說：「老弟，你要有這方法能耐，救的可不只是十三妹，還有老哥哥我了。」

安學海慌的一把拉他起來。「你別這樣，這十三妹

也是我的恩人啊。」

「這怎麼說？」鄧九公詫異的瞪大了眼。

安學海拉著他坐下，緩緩說出安驥與十三妹的一段因緣。

鄧九公聽得嘖嘖稱奇，笑說：「原來她要我拿的硯臺是老弟家的硯臺，而她的彈弓剛好又是在你的手上。」

「不只如此。」安學海一笑，說：「我還知道她的父親是誰、仇家是誰、她是什麼來歷、有什麼冤屈。她應該怎樣勸說，又要如何安排後路，我也為她費盡心思了。」

鄧九公再度瞪大眼睛，驚訝的說：「這是怎麼回事？我才明白了一點，現在又糊塗了。」

安學海低聲說：「這些機密的事，我當然會說給你聽。只是我們得好好計畫，更要周密的演練幾回。」他看了褚家娘子一眼，說：「這事，也要請妳一起幫忙。」

「赴湯蹈火，在所不辭。」褚家娘子微微一笑。

「虎父無犬子，果然是女中豪傑。」安學海稱讚兩句後，便轉回正題，三人連夜計議。

兒女英雄傳

 逢巨變孤女飄零懷深仇

　　十三妹自從母親去世之後，今天已經是第五天，後天葬了母親後就要遠行，去完成那件報仇大事。一大清早，就把手邊僅有的物品整理好，能送人的都送人了，只留一條搭在馬背上的墊被，一個小包袱，二、三十兩碎銀子，再來就是那把雁翎寶刀以及那頭黑驢，除此之外，再沒有任何身外之物。一切安排好後，她只覺得這事作得乾淨，胸中十分痛快。

　　她才坐定，就看見鄧九公和褚家娘子走進門來。她起身跟兩人說了幾句話，鄧九公幫她打點抬棺木的細節，褚家娘子要張羅靈堂的事情。隨後到的褚一官也帶了人，拿了抬棺木要用的東西來。

　　眾人為她忙著，十三妹只和褚家娘子站在一邊閒話，看著那口棺木，她略顯蒼白的臉上毫無悲戚留戀的樣子。

　　一個僕人來報，說是有個五十多歲、背著彈弓的人要來拜訪鄧九公和褚一官。兩人知道這人就是安學

海，卻故意裝成不知道，一搭一唱的猜測來的是誰。

十三妹在一旁聽著，猜想應該是安驥託華忠還彈弓來了，心中大喜。她正要去報仇，手邊多了用慣的彈弓，也多幾分踏實。再說，那是傳家之寶，拿了回來，她才算是把事情了結乾淨。

「師父，應該是人家拿彈弓來換硯臺了。」十三妹開口提醒鄧九公。

鄧九公嚷了一聲：「哎呀，應該就是這事。可是十分不巧，硯臺我帶回去收起來了，現在人家還我們的東西來，他們的東西我們倒一時交不出，怎麼辦呢？」

十三妹說：「這也不礙事，那人是一官哥的親戚，就讓他先留下彈弓，過幾天，您再帶他去取回。一官哥，你收了彈弓就好，不必讓他進屋。」

「我的親戚？從哪兒來的親戚呀？」褚一官邊嚷嚷，邊整理衣服，走了出去。

十三妹沒有回答褚一官，只帶著笑容等褚一官回來。誰知道褚一官兩手空空的，一進門就搖手說：「不是我親戚，我不認得這人。他說他姓尹，從淮安來的，

兒女英雄傳

確實是拿彈弓來換硯臺。可是他說了堆文謅謅的話，硬是要見到九公老人家。」

這姓尹的人就是安學海假扮的。安學海明白十三妹施恩不望報的個性，如果直接表明身分，十三妹連見都不見，因此設了連環計，要一步步的誘出十三妹。

鄧九公說：「好吧，你先陪他到前廳，我作完這些事就出去。」

褚一官和鄧九公先後離去後，褚家娘子問十三妹：「妳剛才怎麼說是我們的親戚？」

「既然不是，何必再提？」十三妹說。

褚家娘子接著說：「也是，不過不曉得是誰呢？我們偷看去。」

十三妹的好奇心一時被勾動，和褚家娘子躡手躡腳的走到前廳窗下偷看。

只見那人長得端正，不胖不瘦，看上去不像個下人。鄧九公和那人客套幾句，就開口問他的來歷。

那人自稱尹其明，說是安學海的至交，在淮安擔任安學海的下屬。這次，費了好大功夫，才從兩個牧童那裡打聽到鄧、褚兩人去了山裡的「石家」，牧童又給他指路才來到這裡。「請收下這只彈弓，把那塊硯臺交給小弟，更求將那位十三妹姑娘的住處告知，我還

趕著拜訪她。」尹其明說。

十三妹聽他這樣說，猜想他是誤打誤撞來到這裡，並不知道牧童口中的「石家」就是她家。她心想：「這樣很好，我現在也沒心思跟他說話。」

「那姑娘的住處你不用打聽，也不必去找，有什麼話告訴我也是一樣。硯臺現在不在我手邊，你先把彈弓留下，還請你到東莊住上兩天，等我忙完後，必定將硯臺送回。」鄧九公假意替十三妹回絕。

沒想到尹其明不但繼續追問十三妹的住處，也不答應鄧九公的提議，說是十三妹的恩情是何等的大，彈弓是何等的重要，不能不多加小心，非得要等見到硯臺之後才能奉還。說著，尹其明拿起帽子，像是匆匆要走的樣子。

十三妹怕鄧九公留不住他，隔窗說：「師父，請先

不要讓他走，我自己出來見他。」

　　鄧九公心中暗喜，說：「你要見的人出來了。」才說著，十三妹已經進到前廳。尹其明故作驚訝的問：「這位是什麼人？」他一面留神打量十三妹，一眼就看見了她鬢角上的兩點硃砂痣。

　　她小時候他就曾見過她，如今她長得更是花容月貌，只是這幾年的辛酸變故，讓她過得辛苦，因而一雙眼睛凜然霜寒，個性更是凶悍好強。他內心忍不住充滿心疼與不捨。

　　鄧九公指著十三妹說：「這就是你剛才問的那位十三妹姑娘。」

　　「啊，原來是十三妹姑娘，我今天有幸見到這位脂粉英雄、巾幗豪傑，真是人生一大樂事。怎麼這樣湊巧，姑娘也在這裡？」尹其明裝傻的說。

　　褚一官笑著說：「這本來就是她的家。牧童說的『石家』，便是十三妹的住處。」

　　「原來如此。」尹其明向十三妹行禮，她連忙回了個禮。

　　尹其明說：「安老爺曾說，如果見到姑娘，一定要多多拜謝。因為他現在要護著家眷，無法分身，等他送家眷到京城後，再親自來道謝。他還囑咐我務必求

見老夫人，替他好好的行個禮，就像拜謝姑娘一樣。」

「家母不幸去世了。先生不用多禮，請回去吧。」十三妹說得冷淡，只想快快送客。

尹其明嘆說：「唉，可惜他們父子一片誠心，希望能報答老夫人，沒想到老夫人竟然已經過世。唉！請問老夫人葬在哪裡？待我到墳前一拜。」

鄧九公接口：「還沒下葬，就在後頭停著呢。」

「請待我祭拜一下，也好向安老爺回話。」尹其明說著就往屋子裡面走。

十三妹繃著臉，連忙攔阻：「我們素昧平生，不敢擔此大禮。」

「俗話說有錢難買靈前弔，這可不好推辭。再說，尹先生受人之託，必當忠人之事，也得讓他有個交代啊。」鄧九公開口勸說。

十三妹一心想拿回彈弓，只得同意。眾人進入後，十三妹跪在靈前，等著還禮。尹其明恭敬的拈香，然後褪下彈弓，雙手捧著，對靈柩祝禱。

安學海也認得十三妹的母親，一開口，忍不住慨嘆傷心，就這麼嗚咽著。不過因為苦於暫時不能表白身分，話語只能說得含糊。

十三妹見他突然掉淚，哭得悲切，只覺得不合情

理，更有些不耐煩。她想早早送走尹其明，鄧九公他們卻按照喪家的古禮謝客、遞茶，又讓尹其明上座。

「想必老夫人過世的時間超過七天了？」尹其明開口問。

鄧九公說：「今天才第五天。」

十三妹正嫌鄧九公何必和尹其明說這些話，尹其明望著姑娘，眼睛直視著十三妹，說：「既然如此，姑娘怎麼不戴孝？」

十三妹不想理會他，只含糊說：「此地風俗向來如此，入鄉隨俗罷了。」

尹其明說：「豈有此理。雖然說窮鄉僻壤不知道禮教，姑娘妳這樣的人，在這裡更該做個榜樣，怎麼說出入鄉隨俗的話？這樣看來，聞名不如見面，這句話說得一點也沒錯。根據安公子的話，他把姑娘說成了個大孝大義的大英雄，據我看來，也不過是個尋常女子。我交遊廣闊，哪裡會輕易對人行禮，今天倒累得我拜了又拜。安公子好沒見識，好沒眼力，枉費我辛苦的走這一趟。唉，我尹其明算是白來了。」

十三妹怎麼可能忍得下「尋常女子」的批評。她

正因認為自己不是尋常女子，才顧不得戴孝，沒想到卻讓尹其明以這點輕視她，還嘲弄了她一頓。十三妹怒目相向，才要說話，鄧九公已經把桌子重重一拍，怒斥：「你這人好沒道理，人家戴孝不戴孝，跟你有什麼關係，要你冬瓜茄子陳穀子爛芝麻的囉哩八唆！」

「我講的是禮。於禮不合，天下人都能講。難道到了你們這不講禮的地方，我也隨鄉入俗的跟你們不講禮不成？」尹其明冷哼一聲。

這句話怒得鄧九公站了起來，大罵：「姓尹的，你不過就是個拿錢辦事的奴才，不要撒野，也別想擺派頭。要不然叫你吃我一頓拳頭。」

「原來你們是這樣的英雄。好個英雄啊，那我領教了。」尹其明撇過頭，冷冷的說。

十三妹攔住鄧九公，說：「師父，不必如此。他既然滿口講禮，我便和他講禮。」鄧九公這才氣呼呼的坐下，十三妹回到坐位，看了尹其明一眼。

尹其明手拈著幾根小鬍子，微微而笑。十三妹忍下胸中一口怒氣，從容問說：「尹先生，我先請教，你從哪裡看出我是個尋常女子？」

「英雄豪傑，行為舉止都該合於忠孝節義。母死而不戴孝，哪裡是英雄？當然是尋常女子。」尹其明

裝模作樣的說，兩眼卻觀察著十三妹。

十三妹嘴角一揚。「請教這孝字上頭，為親穿孝與為親報仇，哪一個要緊？」

這樣顯而易見的道理，尹其明也要搖頭晃腦，咬文嚼字，引經據典的說了一堆話之後，才說：「當然是報仇要緊，這事哪裡能等？」

十三妹是個好勝的人，她就是輸了理，也不輸氣；輸了氣，也不願輸了嘴。現在她既然站在理這邊，說起話來也不客氣，嘴角一勾，說：「喔，原來尹先生也知道報仇更加要緊。這樣說起來，我還不至於是個尋常女子。」

「這話我就不了解了，難道還有人跟姑娘這樣重孝重義的女子結仇不成？」尹其明故意問。

十三妹既有理，任憑他怎麼問，也是一聲不哼，倒是鄧九公被問得煩了，說：「她有殺父大仇要報，因此顧不得戴孝守靈，這你明白了嗎？」

「原來如此。只是我還要請教，姑娘這一身本事，仇人是什麼樣的人？叫什麼名字？這麼大膽敢來跟姑娘作對？」尹其明一副恍然大悟的樣子，卻仍不停的問著問題。

兒女英雄傳

鄧九公不耐煩的說：「這我不知道。你這人怎麼問

這麼多不相干的事？」

尹其明說：「報仇應當光明磊落，把仇人的姓名說出來才是英雄，也才痛快。」

十三妹受不得激，冷笑一聲：「我的仇人跟你有什麼關係，得要你感到痛快？就算說了，你也不過嚇得吐舌頭縮脖子，知道有什麼用？」

「姑娘太小看我尹其明了，說不定我反倒能給姑娘出個計謀。」尹其明笑著說。

十三妹皺起眉頭，繃緊俏臉，冷冷的說了句：「惹人討厭。」

尹其明轉而哈哈大笑，說：「我乾脆讓妳更討厭，替妳說出仇人的姓名好了。」

十三妹雙眼立刻罩上一層寒氣，說：「你說。」

尹其明十隻手指交疊，說：「妳這仇人，正是經略七省，掛九頭鐵獅子印，一人之下，萬人之上的大將軍紀獻唐。妳看我有沒有說錯？」

「你一定是紀獻唐派來的人，好個不長眼睛，不生耳朵的傢伙。如果不說實話，我一定要你闖得進來，飛不出去。」十三妹瞬間生了股殺氣，一個箭步的跨向前，拔刀翻身。

鄧九公趕忙轉過身，橫出兩隻胳膊，迎面攔住十

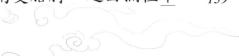

三妹。褚家娘子也過來扯住十三妹，兩人一言一語，都勸十三妹別衝動。

這緊急的時候，尹其明倒是坐在那裡乾笑。十三妹怒眼瞪著他，說：「你笑什麼？快講！」

尹其明說：「我不笑別的，笑妳到底是個尋常女子。」

十三妹還沒發飆，鄧九公就先發怒的說：「這話過分，怎麼這句又來了？」

尹其明望著十三妹說：「妳也知道紀獻唐是什麼角色。他有千萬雄兵，猛將如雲，謀臣似雨，怎麼會派我這麼一個手無縛雞之力的尹其明？」

十三妹一聽，才發覺自己是有些急躁衝動，只好轉而問說：「你既然不是他的手下，又怎麼曉得他是我的仇家？這你也要說個明白。」

「這仇妳早該去報，等到現在卻是遲了，早有一位天大地大的蓋世英雄替妳報了仇。」尹其明說。

「這是痴人說夢話吧。我這段冤仇，從來沒有向人提起，怎麼會有人替我報仇？況且天底下又哪來這樣的大英雄，做這樣的大事？」十三妹冷冷一笑。

尹其明說：「我說的這位蓋世英雄，正是當今的皇上。」

十三妹從鼻子裡哼了一聲，說：「當真是夢話。皇上怎麼曉得我有這段奇冤，替我一個小小民女報仇？」

「妳先耐下性子，聽我把來龍去脈好好說明白，才知道我不是說夢話。」尹其明和緩的說著，並對十三妹一笑。這笑容不像方才帶著戲謔輕薄，反而溫和誠懇，那一雙歷經人世起落的眼睛，透澈清朗，又蘊含著說不出的疼惜之情。

像是烏雲之中看見陽光穿透，十三妹的心口一動。突然間，尹其明竟然讓十三妹生出似曾相識的熟悉與溫暖。

十三妹收斂了胸口那股惡氣，以禮相待，說：「還請你告知。」

尹其明說出紀獻唐的一生。

紀獻唐出自名門，父親紀延壽曾擔任巡撫＊。紀獻唐從小就聰明出眾，但性情十分頑劣，喜愛揮棒弄拳，帶頭指揮家族的孩子。雖然念了點書，但喜歡與老師辯駁，也不知打跑多少老師。

後來一名自稱顧肯堂的落魄秀才當他的老師，紀

＊巡撫：明朝始設，職責為代天子巡視天下。清朝則為省級政府的長官，總攬軍事、吏治、刑獄、民政等。

獻唐性情才慢慢定了下來。顧肯堂從來不曾叫紀獻唐念書，有空閒的時候，只是彈琴自娛。紀獻唐受他琴聲吸引，主動說要學琴，顧肯堂便教他樂理，以及如何挑弄勾撥的手法。

紀獻唐從顧肯堂那裡學了各種樂器與各種技藝，他一學便會，沒多久就精通，一精通便覺得煩膩了。那天，顧肯堂說沒有什麼可以教他了，反而要紀獻唐指點本領。紀獻唐得意的要弄各種兵器，哪知顧肯堂一和他交手，紀獻唐反而被打倒在地。紀獻唐這才從心裡服了顧肯堂，聽他的話，認真研讀，立志封侯萬里。

從此紀獻唐跟著顧肯堂潛心埋首苦讀，一路科考、任官，仕途平順。因為他強幹精明，所以被提拔為四川巡撫。

紀獻唐要顧肯堂跟著他去四川就任，顧肯堂卻留下一本兵書與一封信給他。信中說紀獻唐日後必能擁兵十萬，建立大業，並囑咐他，將來要盡忠盡孝，急流勇退。

「此後紀獻唐東征西討，征伐西藏、平定青海，建立無數功勞，一門榮耀。沒想到紀獻唐功高權重後，早就忘了顧肯堂的叮嚀，放縱矯情劣性，為非作歹，

兒子紀多文也是無惡不作。紀獻唐甚至私藏火藥，圖謀不軌，朝中文武百官合力參了他九十二條的重罪。皇上震怒，把他革職查問，念在他曾有軍功，命令他自盡，把作惡多端的紀多文斬首。」尹其明緩緩說著，十三妹與紀獻唐之間的仇恨，他雖然詳細清楚，但礙於十三妹的顏面，他卻沒有提到任何一字。

原來十三妹的父親曾擔任紀獻唐的副將。紀獻唐聽說這副將的女兒，也就是十三妹，是個特別的人才，極有本領，打算讓她嫁給紀多文。十三妹的父親以官職、家世不相當等各種理由推辭，想不到紀獻唐又推薦了他擔任高級統將，還請出本省大官，硬要逼迫他同意這門婚事。十三妹的父親仍不願點頭，甚至用了一個三國東吳求配的故事說：「吾虎女豈配犬子。」這話傳到紀獻唐耳裡，他惱羞成怒，趁著機會參了十三妹的父親一本，十三妹的父親因此被革職查辦，這樣一個鐵錚錚的漢子，竟在獄中鬱悶而亡。

十三妹避禍在二十八棵紅柳樹的青雲山，外面發生什麼事情全都不知道，突然聽到這件大事，不禁錯愕，整個人都愣住了。可是尹其明說得有本有源、有憑有據，讓她不知道該從何懷疑。

鄧九公又在旁邊說：「紀獻唐被朝廷處決的事，我

也聽說過。只是當時不知道他是妳的仇人，所以沒有留心。」

十三妹聽鄧九公這樣說，心知不會有錯，只是她仍有困惑，所以又問：「話雖如此，只是先生你怎麼知道這是替我家報仇？」她說話的語氣與之前大不相同，客氣許多。

尹其明說：「因為姑娘妳家這件事，也在所參的九十二條罪之中。」

「先生，你這話當真？」十三妹急急的問。

「皇上旨意怎麼會有假！」尹其明從身上找出一張紙，又說：「妳如果不信，我帶著一張抄下了聖意的文書，妳不妨看一看。」說著，遞給十三妹觀看。

十三妹心口狂跳，在她父親的冤案處，反反覆覆的看了幾次。這幾年的心酸苦楚、委屈抑鬱、謀策計畫，一時之間全部湧上，刻骨銘心，卻又荒謬而不真切。她忍辱是為了負重，而今不用手刃仇人，內心應該無比的海闊天空，她卻覺得悵然。

她目不轉睛的呆望著母親那口棺木，許久許久，沉默不語，忽然嘆了一聲，說：「原來如此。」

十三妹整了整衣裳，朝天空深深的行了一個禮，說：「謝謝天地，那惡父子也有今天。」

轉身又向尹其明行了個禮，說：「先生，多虧你說明這段緣由，省了我這一趟乘興而去，敗興而回，畫蛇添足，還落得一頓茶餘飯後的閒話。我就是手刃仇人，也不能洗去我父親所受冤屈，而今沉冤得雪，天理昭昭，我眼中所見的一切，雲闊天清。」她對尹其明充滿感激與親切，因此多說了幾句心裡話。

最後，十三妹對鄧九公行禮說：「師父，我賴了你這幾年，謝謝你幫我這麼多，我感激在心，未來再報答你了。」

鄧九公端正臉色，說：「妳這話又從哪裡說起？」

十三妹沒有回答，早退回去，忽然笑了。

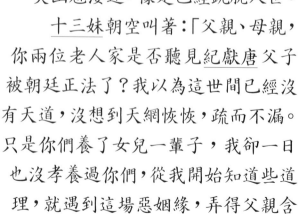

鄧九公從沒看過十三妹這樣的神情，她原本就是神仙一般的相貌，可是這一笑幽魅淒迷，像是已經跳脫人世。

十三妹朝空叫著：「父親、母親，你兩位老人家是否聽見紀獻唐父子被朝廷正法了？我以為這世間已經沒有天道，沒想到天網恢恢，疏而不漏。只是你們養了女兒一輩子，我卻一日也沒孝養過你們，從我開始知道些道理，就遇到這場惡姻緣，弄得父親含

兒女英雄傳

冤而死，母親落難離鄉。」

　　說到這裡，十三妹心口又是一痛。她忍著痛，嘴角又揚起一抹微笑。再不會了，她的心口再也不會在獨自一人的時候隱隱痛起了。

　　「女兒早想拚得一死，只是家中僅有女兒，需要侍奉母親。如今母親已經過世，父親大仇已報，我的大事也都了了，我看著你二位老人家，在那黃泉之下是這樣逍遙快樂。二位老人家慢走一步，等女兒趕來，一起享那逍遙快樂。」

　　十三妹說著，左手向身後一撈，準備捉起那把刀往脖子一抹，就這樣讓這副花容月貌，從此珠沉玉碎。

第八章 施巧計老爺妙語解心結

十三妹要捉雁翎寶刀時，撈了兩撈，沒想到卻撈了個空，連忙回頭一看，那把刀早就不見了。她吃驚的問：「啊！我的刀呢？」

「妳問那把刀啊？我看妳剛才鬧得不像樣，怕妳傷了尹先生，就把刀先收起來了。」褚家娘子站在一旁笑吟吟的說。

「妳這時候又要那把刀做什麼？」鄧九公不解的問。

十三妹嘖了一聲，說：「你們不要誤了我的事，我要跟爹娘去。」

眾人一聽，連忙一言一語的勸著：「哪有仇都報了，還想不開的道理呢？只等了了妳母親的事情，我們就該找些快樂的事了。」

這些話沒一句說到十三妹內心的酸楚，她只覺得吵鬧而不耐煩，怒得把身子轉了過去，一聲不哼。

鄧九公見她不理，轉頭正要請尹其明一起相勸，

見他又在那裡笑，問：「你這是在笑什麼？該不是又要說她是尋常女子。」

「我不但要笑姑娘是尋常女子，也要笑你是糊塗老頭。」尹其明嘴咧得更大了。

鄧九公不高興的說：「我怎麼糊塗了？」

尹其明笑說：「你怎麼不想想，姑娘雖然大仇已報，可是上無父母，中無兄弟，往下就連個貼心的僕人、丫鬟也沒有。況且又獨處空山，飄流異地，抬頭看看哪一塊雲是她的天？低頭看看哪一塊土是她的地？你們兩個與她雖是師徒、姐妹，但一個年歲已高，一個已經嫁做人婦，萍水相逢，她怎麼可能跟著你們一輩子？她當然以為只有這條死路可走。」

十三妹聽他三言兩語將她心頭的苦說得清楚徹底，立刻覺得親切。可是她聽出他話裡最後一句還藏著話，忍不住問說：「除了一死，難道先生覺得我還有別條路可走嗎？」

「姑娘，如果妳真的是尋常女子，我也不需要和妳多說。可是紀獻唐權傾一時的時候，妳還有膽量智識，把妳父親的骸骨送回故鄉，妳母女二人遠去避禍。怎麼現在那惡人勢力瓦解，妳又大了兩、三歲，反倒只會以身殉母，卻不想要把妳母親葬回故鄉，不想讓

雙親得以合葬，入土為安呢？」

　　尹其明這幾句話激起了十三妹一片孝心，只是念頭一轉，她又有許多為難。當年她護著母親逃難，畢竟是兩個人，路上好安排。而今她孤身一人，要護的是一口靈柩，路途千里，談何容易？再說，就是回到京城，祖上墳墓已經無地可葬了，這找地建墳，葬埋立碑，哪裡是件容易的事？

　　十三妹心裡雖然已經不知轉了幾回，但因為好勝心強，假意大剌剌的說了一句：「先生，這叫此一時也，彼一時也。你這話談何容易。」

　　「天下事情若是有錢、有人，哪有什麼困難呢？別說這鄧老爺他們願意相助，就是安老爺知道這件事情，也必定為老夫人盡心盡力。到時候把這事委託給他不是正好？」尹其明輕快的說。

　　「我施恩於人從不望報，這事怎麼好麻煩他？況且父母大事，怎麼能委託旁人？」十三妹連連搖手拒絕。

　　十三妹這話，正好被尹其明找到話題。他笑了一笑，說：「姑娘，我看妳這人一生受苦就是因為這句話。妳的『施恩不望報』，不過是因為聰明好勝，所以只許人求妳，妳卻不肯求人。其實依照事態常情，不管是

什麼頂天立地的男兒也都是要求人的。何況妳雖然好強，終究是個女孩子家。至於施恩不望報，原本是美好的德性，但應該是自己存有不望報的念頭，而不是要天下受恩的人不來報恩。要是妳覺得一定要自己獨來獨往，全憑自己的力量，不准他人幫上一點忙才算個英雄的話，那就是把英雄兩字看得差了。姑娘，妳好好想想。」

　　十三妹聽了這話，豁然開朗，立即生出敬佩之意。她年紀尚輕，才剛學得一些道理時，就遭遇了一場大禍，從此天涯飄零。她以為萬事既然求助無門，只得依靠自己的一身本事，一副倔性，以為淚不流、苦硬吞，這樣才算是脂粉堆裡的英雄，才不會被人看輕。她的性情，尹其明確實看得通透。

　　她輕嘆一聲，傾訴了幾句心聲：「先生，我也不單單因為倔強。那安老爺的性情我也不知，更不知他是否願意和我這一個不祥之人一起走。再說，他就算因為我前次相救之情答應了，路途長遠，如果走到半路，彼此有一點的勉強或不愉快，他是個當官人家，我只是個孤寒女子，又有母親的靈柩要護送，讓我進退不得，

該怎麼辦呢？先生你又怎麼能擔保安老爺也像你這樣肝膽相照，這樣熱心助人？」

尹其明見十三妹已經鬆了心防，吐露心聲，這才說：「姑娘，實不相瞞，我就是安學海。特地藉著送還這彈弓，尋訪妳的下落。我還有一些話，要好好跟姑娘說。」

十三妹一愣，鄧九公在旁邊說：「人家安老爺把前程都扔了，辭官不做，親自到我這兒，就為了找妳呢，妳可沒有什麼好再擔心的。」

十三妹默默的又望著安學海一會兒，才向安學海行禮說：「原來是安老爺，難怪言談氣度不像個寒酸讀書人的樣子。剛才民女多有失禮，請原諒。只是既然來到這兒，怎麼不光明正大的來？就是師父和褚家姐姐夫妻二位，也該和我說個清楚，大家費了這麼多周折，這是什麼意思？」

褚家娘子聽出十三妹的不悅，趕緊說：「好妹子，妳看，妳我在一塊過了這麼兩三年，我可從沒瞞過妳一個字，今天可真的是事出無奈了。妳口口聲聲說施恩不望報，要是開門見山就說是安老爺來訪，妳會願意見人嗎？至於剛才那些話，要不是安老爺費心，這樣一層一層的引著，妳會願意和人說上半分實話，會

真心信了人家嗎？人家安老爺為了這事，昨天就找來了，和我爹認成義弟兄，商量一天，想著要怎麼讓事情圓滿周全。妳自己想想，人家心思用得怎樣深細，又是怎樣疼惜妳，怎樣看重妳？」

十三妹是個爽快明白的人，聽了這話，豁然開通。她自己這樣倔強的性子，難怪人家得費這樣的心思。她開朗一笑，倒也心平氣和了。只是她靜下心仔細想想，卻覺得奇怪。有些話她從沒和外人說過，怎麼安學海卻什麼都知道？

十三妹向安學海問說：「安老爺的恩情，十三妹終身不敢忘。只是民女的家事，安老爺怎麼會知道得如此詳細，還要請你明白指教。」

「我何止曉得這些，我還曉得妳這十三妹，既不是排行，也不是姓石排行第三，而是把名字第二個『玉』字，拆成了『十三』兩個字，藉以躲避紀獻唐那惡人。」安學海笑了一笑。

十三妹瞪大眼睛。她本名叫做「何玉鳳」，這事情不應該有人曉得的。

「妳家和我一樣，都是正黃旗漢軍人。妳家三代單傳，妳祖父是一名舉人，父親是紀大將軍的副將。當時在京城，我們彼此熟識，都有往來。妳祖父更是

我的恩師，我今天稍稍有些知識，都是恩師的教導成全。他老人家臨終前，要我和妳父親結作異姓兄弟。當時，妳母親懷了孕，老人家曾吩咐，他這未出生的孫兒，將來如果是男孩，要我好好教導，如果是女孩，也要許配一個讀書人，好接續一脈書香。姑娘，我們兩家是這樣的淵源，以後妳可不要再和我稱什麼民女的。」安學海深深的望著何玉鳳，笑得溫厚和藹。

何玉鳳怔怔的說不出話。她原本以為自己從此孤單，沒想到身邊竟然還有這樣一位慈愛親近的長輩。

安學海繼續說：「妳是辰年辰月辰日辰時出生，我可不只抱過妳一次。妳滿歲抓週*那次，我去給妳父母道喜。妳抓了刀槍，樂得直笑，還歡喜的讓我抱著。我正高興妳與我這樣親熱，誰知道妳就笑嘻嘻的尿了我整袖子。」

何玉鳳俏臉泛紅，百感交集，心頭湧上的是說不出的酸澀和甜蜜。這樣瑣碎羞愧的小事，依稀喚回了她那受盡寵愛的時光。

她站起身來，往前走了一步。「原來是我何玉鳳三

＊抓週：孩子滿一歲時，父母會將代表各行各業的小物品擺在孩子面前，讓他隨意抓取，用來預測他未來的志向和前途。

代深交、有恩有義的一位伯父。」說著才要下拜，就被安學海拉起。

「妳三歲那年，妳父親外轉參將，帶妳上任。十多個年頭，我們書信往來從沒停過。後來得知妳父親的噩耗，我便派了兩個僕人，連夜啟程去接妳們母女和妳父親的靈柩，等到接回來，才曉得妳為了要避那仇人，叫妳的乳母丫鬟扮作妳們的樣子，帶著兩個僕人，扶柩回京，妳們則躲得不知去向。這兩三年來，我遍尋不到妳們的下落，正巧安驥蒙妳搭救，我仔細推敲，猜想十三妹就是妳。別說妳對我們家有這樣的救命大恩，就是我與妳父親的交情，也絕不能讓妳們流落異鄉。所以我也無心追求富貴，一心只想接妳們母女倆回京城，誰知道竟然又遭遇了這樣的變故。姑娘，我曉得妳家墳上無處可葬，所以早就把妳父親的靈柩放在我家墳園，就連妳的乳母丫鬟從那時起也在我家住下。這次我特地要她們趕來，也好讓妳回京的路上，身邊有個熟悉的丫鬟。等妳把父母的大事都辦完了，成全了做兒女的孝意，也才是個英雄。」

何玉鳳聽了這番恩深義重的話，雙腳又是一跪。「承蒙伯父這樣疼愛姪女，姪女倒是要撒個嬌，還有幾句不知輕重的話要說，伯父如果願意依姪女心意，

我何玉鳳便死心塌地跟了伯父去。」

安學海的心意，何玉鳳深深感動。只是她一個女孩子沾親帶故，攀附旁人，得為自己留個立足之地，才好跟了安學海一家，因此才有幾句請求。

安學海問說：「姑娘，妳有什麼請求？」

何玉鳳說：「這次跟隨伯父回京，以往那些浪跡江湖的行為當然要全改，從這刻起，我便拋下江湖習性，遵守閨門女子的道理。第一，上路之後，除了女子，不見一個外人；第二，到京城之後，只要三、五畝地，早日合葬我父母就好，伯父千萬不可過於破費；第三，請伯父在靠近我父母墳墓處，找一座小廟，讓我可以終身守著父母，這便是我何玉鳳的安身立命了。」

何玉鳳知道按照世情常理，總認為女孩子應該有個姻緣才是歸宿，可是她不是這樣的心志。她不求人理解，只希望不受強迫就好。

「口說無憑。」安學海一聽，沒有第二句話，要了一杯潔淨清茶，走到何夫人靈前，行了一個禮，把那茶奠了半杯，說：「老弟、老弟婦，你二位的神靈不遠，剛才我的這片心意和姪女的話，你二位都應該聽見了。我如果有一句做不到，就像此水。」說著，他把那半杯茶潑在地上，便算立了個誓。

何玉鳳見安學海這樣至誠，不禁感動，深深一拜。「謝謝伯父體諒成全。」

一抬頭，安學海雙眼中已經滿是淚水。何玉鳳突然心裡一緊，大為悲慟，撲向何夫人的靈柩。「娘，伯父要帶妳和女兒回京城，與爹雙雙合葬，妳說這樣好不好？妳聽了高不高興……」話還沒說完，眼淚已經是掉個不停了。

何夫人遭逢變故後，生了一場大病，雙耳已聾，她生前和母親說什麼都已經聽不見，更何況……如今她再怎麼叫，母親也不會再回應她一聲了。

何玉鳳說不出話，只是靠著棺材，搥胸頓足，從喉頭嗚嗚咽咽的發出悲鳴。自從父親死後，憋了許多年的苦，這時她才真正哭了一場。

何夫人的後事，安學海處理得極為妥當，甚至不避忌諱的讓安驥和張金鳳親自為何夫人服孝。何玉鳳雖然不安，但在安學海的堅持下，只得對安驥與張金鳳行禮叩謝，勉強依了安學海的好意。等到何夫人喪禮結束後，才讓兩人脫了孝服。

封靈後，何玉鳳就要與鄧九公和褚家娘子離別。以前何玉鳳要走便走，要聚便聚，不過遇到了安學海

一家溫情相待，何玉鳳對人世的情感，多了幾分眷戀。這天，何玉鳳收拾著行李，想到眾人對她的好，不禁有些恍惚傷感。

「姑娘，姑娘。」她的丫鬟叫她幾聲。

那年，何玉鳳讓她的奶爸一家人和宋官兒替她護送父親的靈柩回京城。她的奶爸叫做戴勤，戴勤的女兒戴氏從小和何玉鳳一起長大，是她貼身的丫鬟。這小女孩來到安家後與華忠的兒子隨緣兒結婚，做事的手腳更俐落了。這次她再回來服侍，不但照料妥當，也讓何玉鳳多了份自在安適。

聽見戴氏的叫喚，何玉鳳回頭，笑說：「怎樣？」她見戴氏手中吃的、用的東西多到差點拿不住，忍不住就笑了。

戴氏調皮的一笑。「老夫人怕姑娘餓了，要我拿點心來；褚家姐姐怕姑娘缺了梳洗的東西，拿了她的梳頭匣子來；鄧九公說新做了幾件厚一點的素色衣裳，怕姑娘路上冷了……」

何玉鳳「噗哧」一聲笑了出來。「妳一連說了三個怕字呢。怕我餓了、怕我缺了、怕我冷了，說得我都以為我是山大王，嚇人的呢。這個也怕我，那個也怕我。」

「他們哪裡是怕姑娘，他們對姑娘是又疼又敬又愛。尤其是安夫人簡直把姑娘當成自己的女兒，我看她對姑娘可比對張姑娘更好。」戴氏笑吟吟的說。

何玉鳳斜瞄了她一眼，說：「這話別亂說。我那妹妹是她媳婦，她對妹妹自然是不同。老夫人是心軟的好人，她是憐惜我孤身一人，才多多照顧。」

戴氏機伶的捂了嘴。人多的地方就怕話傳來傳去，說者無意，但聽者有心，也是麻煩。她聰明的把話帶開：「姑娘現在再也不是孤單一人了。鄧家、安家、張家、褚家，誰不是把姑娘當親人對待？張姑娘長得和姑娘一個模樣，起初我還差點認錯了，姑娘還真的像是多了一個妹妹呢。張老夫人為了報答姑娘，還許了願，終身吃白齋*，沒油、沒肉，還不喝茶，說是到姑娘有了婆家才結束。這願許得虔誠，任誰聽了都感動，一定是老爺神靈保佑，才讓姑娘遇到了這群好人。」

---

*白齋：除了禁吃肉類及刺激性食物，連鹽、醬等佐料也不吃的齋素方式。

何玉鳳突然淡淡的說：「爹如果有神靈，為什麼從來不曾入我的夢？」

「應該是他當神太忙了。」戴氏沒頭沒腦，認認真真的冒了這一句。

何玉鳳被她的話逗笑了。

「這是真的。」戴氏說：「我爹說，護送老爺的靈柩到了德州之後，他就夢到老爺頭上戴著一頂鑲金長翅紗帽，身穿大紅蟒袍，圍著玉帶，說是要上任。那天我也聽宋官兒說，他睡到一半被人給踢醒，還聽見外面人馬喧囂、鼓樂吹打的聲音，只是宋官兒膽子小不敢去看。老爺那麼正直聰明的人，當了神也是應該的事啊，只是不曉得成了什麼神？」

何玉鳳嘴角一勾。「應該是你們太累了，又或者妳爹爹多喝了兩杯酒。」

她雖然守著男女禮教，依照貞烈孝義的天道行事，卻是不信陰陽鬼神的。

「姐姐？」張金鳳敲門，問了一聲。

「等等。」戴氏趕忙去開門，兩人的話題就這麼斷了。

門一開，張金鳳笑吟吟的說：「我怕姐姐無聊……」

兒女英雄傳

聽到那「怕」字，何玉鳳和戴氏相視笑了起來。

「別怕。」何玉鳳爽朗的一笑。「姐姐不是凶神惡煞，就是無聊也不會興風作浪，殺人放火的。」

「當然。」張金鳳順著她的話說：「不過姐姐可是連凶神惡煞都怕的大菩薩呢。說到這兒，倒是要拜託姐姐一件事情。」

「妳儘管說。」何玉鳳爽快的應允。

張金鳳笑說：「姐姐那只彈弓，我暫且放著不還，一路上帶著安心，好嗎？」

何玉鳳一笑。「沒關係，妳先放著便是。」

「謝謝姐姐。」張金鳳燦笑如花。

何玉鳳怎麼也想不到，張金鳳這個看似無心的行為竟有別的考慮、別的用處。

在安學海安排下，一群人走水路返回京城。船航行到了德州，何玉鳳聽當地村莊婦女閒聊，說三年前的一天半夜，聽見城隍廟裡樂聲大作，說是換了城隍爺。從那天起，城隍爺就靈驗了起來，眾人更是虔誠祈求城隍爺保佑風調雨順，人畜平安。

何玉鳳不知道為什麼，聽了這話，像是碰上自己心裡一件什麼心事，卻又一時想不起來。當晚，何玉鳳在船上竟失眠了，直到半夜才沉沉睡去。

曚曨中，她忽然聽到戴氏叫她：「姑娘，老爺、夫人派人請姑娘來了。」

何玉鳳說：「這麼晚，老爺、夫人也該休息了吧。」

戴氏說：「不是安老爺、安夫人，是我家老爺、夫人請姑娘的。」

何玉鳳聽了，心裡恍惚，好像父母依然還在人世，便整理衣服，出了門，外面一個人也沒有，只有一匹粉白駿馬在岸上等候。

何玉鳳翻身上馬，白馬四腳凌空，騰雲駕霧，轉眼之間落在平地，眼前卻是一座大衙門，門前有許多人伺候。何玉鳳才剛下馬，便有一對女童引她進去。

到了後廳，她看見父母雙雙坐在床上，一股委屈湧上心頭，忍不住撲到他們跟前，失聲痛哭：「爹、娘，你二位老人家丟下孩兒好苦。」

有著父親樣貌的男子說：「妳不要認錯了，我們不是妳的父母。妳要找父母，要往安樂窩中去找。妳既然到了這裡，別空手而回，交給妳這樣東西，讓妳去尋找下半世的榮華，也好償還妳這一場辛苦。」

說著，他便從桌上花瓶取出三枝花。原來是一枝金帶圍芍藥、一枝黃鳳仙、一枝白鳳仙結在一起。

何玉鳳接在手中，看了看，說：「爹，你給我這花

做什麼？況且我就要離開紅塵，還要這花幹什麼？」

男子說：「妳怎麼這樣固執？妳看剛才這匹馬，就是妳的來處，這三朵花便是妳的去處，這才是妳安身立命的路。我這幽明異路，不可久留，妳去吧。」

何玉鳳正要問個詳細，一陣霧起，眼前哪裡有人？四周也幻化成森冷的城隍殿。她一驚，急忙轉身就走。正慶幸白馬還在院中，她才要催白馬離開，卻又聽見安驥叫她。

「姐姐，妳父母因為妳不見了，派人四處尋找，沒想到妳卻在這裡。」

何玉鳳見安驥走來，只得下馬，一轉眼那白馬竟不見了。安驥上前攙扶她，說：「姐姐，妳辛苦了，讓我扶妳走。」

何玉鳳惱火的推開他，說：「男女授受不親，你怎麼這樣冒失。」

「姐姐，妳只曉得『男女授受不親，禮也』，可還記得下一句？」安驥笑著問。

下一句是：「嫂溺授之以手，權也。」意思是說，如果是特殊情況，小叔大嫂也可以互相扶持。這話在何玉鳳聽來可說是輕薄了。她心中不禁大怒，才要用武，沒想到卻四肢無力，平時的本領竟是使不出來。

她一急，冒了一身冷汗，「哎呀」的喊了一聲，嚇醒過來。

何玉鳳才知道原來是一場夢。她起身披了衣裳，把夢中的事情前後想了一遍，夢中的父親當上城隍爺，符合她奶爸的夢境，也應了村莊婦人的話語。而父親口中的安樂窩，不正合了「安」家嗎？更別說安驥名字叫「驥」，符合了千里馬的意思。還有那三朵花，兩朵鳳仙各自合了她和張金鳳的名字，芍藥則是富貴功名的兆頭，想必是安驥沒錯了。

尋常女子如果做了這樣一場姻緣天定的夢，肯定十分欣喜，但何玉鳳卻是一陣心驚。

安驥往後有怎樣的榮華富貴與她無關，她唯一所求的就是沒有牽掛的清靜度日，她更不願旁人誤會，以為她當時救安驥的種種行為，都是因為內心掛念著安驥，或是貪圖與安驥的一場姻緣。

她一個白玉無瑕、心高氣傲的女子，怎麼禁得起人家這樣看輕？

何玉鳳暗暗立志，這一路更要躲安驥躲得遠遠的，

以避免他人有心造謠，而且還得更加注意舉止才行。

想好後，她往被窩裡偎了一偎，又沉沉睡去。

只是姻緣已定，月老緊緊的繫了紅線，讓她怎麼也躲不去。

第九章 憐溫柔兒女情事終圓滿

何玉鳳雖然慶幸遇到安學海一家赤誠相待，但一個青春如花的姑娘家，卻要伴著墳墓終老，總是讓人心疼。鄧家、褚家、安家、張家，沒有一個不盼望何玉鳳能得到一場好姻緣，享盡一世榮華。

尤其是安學海，他那時雖然是順著何玉鳳的性子答應了三個要求，心中卻打定主意，得讓何玉鳳未來有個依靠才算圓滿，但要找個好人家，卻不是件容易的事情。何玉鳳雖然有千百種好，但是天生性子倔強，如果到了不能體諒她的人家，不是公婆不容，便是夫妻不合。他左思右想，最好的方法就是促成安驥和何玉鳳的姻緣。只是何玉鳳處處防範，讓安學海一時無計可施。

這天，一行人返回京城，安驥的舅媽前來迎接，瞧見何玉鳳聰明俊俏，心中實在喜歡這女孩，聽了何玉鳳的遭遇，想到自己無兒無女，更對何玉鳳動了同病相憐之情。何玉鳳也苦於孤身一人，便順勢認了安

驥的舅媽當乾娘。對何玉鳳而言，是多了個親近的人，但在安學海看來，卻是多了一條和何玉鳳相牽的線。

接何夫人靈柩那天，安家、張家帶著家人盡心準備。何玉鳳隨安學海等人走入搭好的棚子，從西邊繞上去。見裡面擺著供桌，門上掛著雲幔，早就有一口靈柩停在那裡。

何玉鳳十分詫異，心想，按照喪禮，母親的靈柩不應該先到才是。她還在遲疑，卻聽到安學海說：「姑娘，這是妳父親的靈柩。」

何玉鳳百感交集，她與父親生死一別已經三年。為了躲避紀獻唐，就是清明時節也不能盡人子孝心，親自上一炷清香。突然看到父親棺木，何玉鳳只覺得心被揪住，忍不住淚如雨下。

「爹！」何玉鳳的一聲呼喚，是天人永隔，也是人間至痛。父親過去的種種慈愛突然湧上腦海，一股心酸的傷悲令她難以承受。

淚還沒停住，隨緣兒就跑了進來，說：「快到了。」原來是何夫人的靈柩差不多要抵達了。

安學海快步出去，何玉鳳則跪在地上，擦了擦眼淚，朝外望著。

一對對的儀仗、一雙雙吹鼓手，進門後排列兩邊，沒多久停了樂，鴉雀無聲，莊嚴肅穆。只聽得一雙響尺*噹噹，打得響亮，引領著何夫人的靈柩進來。棺木透著一層光亮，看得出外漆上得十分仔細嚴密。

何玉鳳心中生起一股感動，如果不是安學海用心，儀式怎麼能如此莊重周到？她不得不承認，有些事情還是需要人幫忙的。

安驥穿了一身孝，緊跟在靈柩前。何玉鳳為了嚴男女之防、堵眾人之口，一向不和安驥獨處，但今天看他樣子頗像半個孝子，心裡也有不同感受。

安驥神情凝重悲戚，他把何玉鳳看成神仙般敬重，也把她當成姐姐般親近，因此能為她盡力，他是義不容辭。有感於她的哀淒，他內心也是悲傷，並憐惜何玉鳳的身世飄零。

香煙繚繞，何玉鳳恍惚的想：「人生在世，是否有兒有女送行才算圓滿？」

安驥站好位置，目光正好與何玉鳳相接。何玉鳳

---

*響尺：約二尺長和一尺長的老紅木木尺各一根，用一點二丈長的尺繩相連，用短尺敲長尺。

一身素白，飄然出塵，一雙美目泛著淚光，更是我見猶憐。褪去十三妹的爽朗威風，<u>何玉鳳</u>此刻只是個娉婷孤女，<u>安驥</u>忍不住暗生疼惜。

<u>何玉鳳</u>見到他的眼光，心裡莫名的被勾動了什麼，忽然湧上一股說不出的感覺。她幾次見他，他的目光都是不同於旁人的真摯溫柔，這一點她是明白的。

此時眾人各自祭奠行禮，<u>何玉鳳</u>也就不再有其他心思。事情完畢，<u>何玉鳳</u>站起身來，向<u>安學海</u>、<u>佟氏</u>以及<u>安驥</u>舅媽拜謝，只說了聲：「此恩深重，來世再報。」

眾人一連勞碌幾日，<u>安學海</u>留下眾人共進晚飯。

飯後，<u>安驥</u>與舅媽在庭院閒話家常：「<u>玉鳳</u>姐姐這幾年受盡委屈，幸好現在有舅媽疼她，也算是好人有好報，終於能享天倫之樂。」

<u>安驥</u>舅媽嘆了一口氣，說：「她辛苦這些年，我看了心疼，恨不得除了我之外，她能得到更多人疼愛，享受各種快樂。可惜她只想進廟，成就一片孝心，圖個清靜。剛才她又跟我說了這些呢。」

「男大當婚，女大當嫁，這是人生大事。假使男子無緣無故的拋棄五倫*去當和尚，本來就不是聖賢

---

*五倫：指君臣、父子、兄弟、夫妻、朋友五種倫理體系。

所說的道理，更何況是女子呢？她這樣的人如果真的
出了家，佛門中必定多添一個護法的大菩薩，可是人
世間卻少了一個持家的好媳婦。舅媽既然這麼疼她，
怎麼不勸她打消這念頭，再和爹娘商量商量，將她許
配給一個修德的讀書人家，也算是場大功德？」安驥
將話說得有條不紊，好像全為何玉鳳著想一樣。

「我也有這個意思。」安驥舅媽的目光看向了安
驥，忽然一笑。「你真是關心玉鳳姐姐。」

安驥莫名的臉上微微腺紅，舅媽的表情像是他說
的話其實有什麼私心。天地良心……他……他只是關
心。

安驥舅媽知道他是個害羞的人，也不窮追猛打，
只是笑笑。

兩人這段對話，剛好讓來找安驥的張金鳳聽到，
她不禁嫣然一笑。早從認識何玉鳳那天，她就有意要
成全何玉鳳與安驥的姻緣，只是始終不知道安驥的心
意，照這樣看來，她心底是明白了。

何玉鳳一心想等父母下葬，偏偏風水師說只有明
年十月是好日子，何玉鳳只好和安驥舅媽先暫住在西
廂房內。將所有事情處理得差不多後，安學海將張金

鳳找來，說了他想讓安驥娶何玉鳳的念頭。

　　張金鳳不但沒有半點不情願，還自願去說服安驥，讓他歡喜的接受這椿姻緣的安排。過了幾天，安驥到一個長輩家拜壽，喝了些酒才回家。見他回房，張金鳳故意揉揉眼睛，裝出滿臉怒容。安驥一頭霧水的問了句：「妳在生氣嗎？今天在家裡作了些什麼？」

　　張金鳳答：「我在家作夢。」

　　安驥笑說：「可是夢到我嗎？」

　　張金鳳答說：「是啊，你立刻就猜到了，我夢見你娶了玉鳳姐姐。」

　　「喲，這種夢裡沒根據的事情，也值得妳不開心嗎？」安驥一笑。

　　「誰說夢沒根據？」張金鳳斜眼看著他。「你昨晚夢裡為什麼親熱叫著姐姐、姐姐？」

　　「荒唐。」安驥一臉暗紅。「這是哪來的話？」他嘴上雖是這麼說，但心裡卻有些不安。這夢裡的事情實在難說，難保他說了什麼話，作了什麼夢。

　　「你心裡想出來的話，嘴上說出來的話啊。」張金鳳小嘴一噘，嬌嗔著。

　　幾分酒意湧上，安驥更覺得燥熱不安，困窘得說不出話來。

他初次見到何玉鳳的時候，是個不曾離家，也不識男情女愛的少年，經過一段凶險，又娶得一個嬌妻，人生經歷已經大不相同。男女之間，如何相愛相憐，他早就明白，他待玉鳳姐姐的心思……他雖口口聲聲說只是關切，但他隱隱約約也知道是有些不同。

張金鳳轉怒為笑，笑嘻嘻的說：「你夢著、醒著、念著、想著的都是玉鳳姐姐，你以為我不知道嗎？你果然愛她，而我心裡也是愛她的，真的把她娶過來，你說好不好？」

「這話說得過分了。」安驥不悅的說：「她為了成全孝道，可是立志出家，妳卻說出這樣的話，這要是讓爹娘聽見，一定會大大訓妳一頓。」正因為顧忌這一層，安驥始終不願意承認他對何玉鳳的傾心。

張金鳳一雙美目溜溜的轉著，不但沒被他嚇到，反而還說：「你的話讓爹娘聽見了，才是要大大教訓一番呢。」

「我有什麼話要讓他們教訓的？」安驥理直氣壯，不懂張金鳳說的是什麼事。

「那天你和舅媽是怎麼說的？你說姐姐要是出家，人世間就少了個持家的好媳婦，這不是想叫舅媽勸姐姐不要出家，而要出嫁？我倒要請問你，世上少個好

兒女英雄傳

176

媳婦，跟你有什麼關係？你口中的修德人家，難道我們家還不算個有德的家庭？這不是暗指我們家嗎？你說的讀書人家，難道你不是個念書的人？難道不是在說你自己嗎？」張金鳳說起話來雖然輕聲婉轉，卻是句句逼人。

安驥一下子被她問得張口結舌，面紅耳赤。

張金鳳心思細膩，聰慧過人，他所有想法都讓她看得清楚透徹。安驥呆了好一會兒，才吶吶的說：「這是哪個丫鬟偷聽亂傳、搬弄是非？妳不要聽這些閒話，更別受人愚弄。我家的祖訓如果不是年過五十無子，不得納妾。我怎麼會有這樣的念頭？等我查出來是哪個人亂嚼舌根，一定稟明母親，將那人重重責罰一頓，才不會壞了我家門風。」

張金鳳聽他故意把話帶開，就知道他是心虛，心想他也是承認了對何玉鳳的喜愛。張金鳳暗喜，拍了拍胸口，笑說：「別嚇我。那話可是我一個字一個字的聽見的呢。你要稟明爹娘的，不是壞事，而是喜事，是件花開並蒂的美事。」

「什麼喜事？美事？」安驥讓她說得更加糊塗了。

張金鳳走向櫃子，取出個錦匣，往他的懷裡遞去。「你看。」

安驥打開一看，原來是一份嶄新的龍鳳庚帖＊，從頭到尾看了一遍，竟然自己與何玉鳳的姓氏、年紀、生辰以及嫁娶的吉日都寫在上面，不禁十分詫異，問：「這是怎麼回事？難道我在作夢嗎？」

「是你的夢要成真了。」張金鳳輕笑，將這件事一五一十，都詳細的告訴安驥。

此事既有父母之命、媒妁之言，又得到舅媽成全、嬌妻協助，安驥哪裡還有什麼不肯？只見他紅著臉，傻笑著不說話。張金鳳看見他這副模樣，笑笑的看了他一眼。

為了報答何玉鳳成全她的美好姻緣，這椿天作之合，她肯定會極力促成。

何玉鳳為了守靈，就在安家墳園中住下。她原本

兒女英雄傳

＊庚帖：古代議婚時，雙方交換載有男女姓名、年齡、籍貫、三代的帖子。

想在佛前尋求清靜，可惜她的個性也不適合，一年過了，佛理卻沒有更深的參透。不過，這一年有安驥舅媽照顧，倒是享盡天倫之樂，模樣更加明潤嬌豔，過去言談舉止間的冷森神態，也化成了和暖春風。

等何玉鳳父母合葬之後，安學海便選了個日子，讓何玉鳳進廟。何玉鳳直到當天才曉得，原來安學海竟然為她另外蓋了座清靜嚴謹的家廟。何玉鳳感動在心，更是覺得過意不去，忽然又聽到鄧九公等人也來拜訪，久別重逢，何玉鳳不禁落下幾滴淚。眾人閒話幾句後，安佛的時間便到了。

何玉鳳因為不懂安佛儀式，因此恭敬的聽從安學海安排，捧著香爐，直挺挺的跪在一旁。一會兒，佟氏叫人接過何玉鳳的香爐，說：「姑娘，站起來吧。」何玉鳳站起身來，又見一群人捧著兩個罩著紅布的匣子進門，安學海吩咐安驥和何玉鳳一人接過一個紅布匣子。何玉鳳磕了頭，安學海上前揭去紅布，何玉鳳才發現那不是佛像，而是她父母的牌位。

安學海說：「我知道妳一片孝心，想找座廟，是為了能靠近父母一些。我現在把妳父母親請到家廟來，這樣你們就可以早晚都在一起了。與妳在青雲山的三個約定，我都沒有失信。」

何玉鳳心頭一熱，沒想到安學海竟然將事情辦得這麼周全，她向前便是一拜。「伯父的心意，不但我父母感激不盡，我何玉鳳也受惠無窮。除了替父母還禮之外，還請伯父再受姪女一拜。如今，我只能請求上天讓我來世轉生在伯父、伯母的膝下，做個孝順兒女，盡我報恩的心。」

鄧九公哈哈大笑，說：「妳要報恩何必等來世？他家和妳家既然是三代情誼，今天師父在這裡，再把妳和他家結成一雙恩愛配偶，妳也跟妳張家妹妹一樣，叫他聲父母，這不就是一件天大的好事？」他這趟可是專程來當媒人的。

何玉鳳笑臉馬上沉了下去，說：「師父，你怎麼說出這樣冒失的話，這種話你不要再提，免得辜負了他們的一片好心，更破壞了我們師徒的三年義氣。」

鄧九公沒想到場面會僵成這樣，整個人都愣住了，安學海只好開口說：「姑娘，其實我不該說話，只是妳也不要怪罪九公，他是一片好意。」他才想繼續說下去，卻被何玉鳳打斷。

「伯父不必再說，師父的好意我不是不知道，只是我心中另有一段酸楚，卻是沒人知曉。我父親含冤而死後，我就立志永不嫁人。這些年我母女為了圖個

生活，我只能走上一條說不盡骯髒混雜的江湖路。一到青雲山，我便稟明母親，對天發誓此生絕不嫁人，並請她在我右臂點了一顆守宮砂＊，好讓我能毫無顧忌的討幾個銀錢，供養母親。」何玉鳳邊說，邊將袖子挽起，露出鮮紅的守宮砂，證明她不守閨門禮儀，是出於萬分無奈，可是她仍是冰清玉潔，不曾使何家蒙羞。

眾人見過之後，何玉鳳放好袖子說：「我原本想為父親報仇雪恨之後，就結束我的生命，幸運的遇見伯父、伯母恩深義重，為我張羅這麼多，不但使我有了依歸，也使我的雙親神靈有所依託。伯父這片苦心早就大大超過我搭救安驥的那點小恩情。至於姻緣二字，與我何玉鳳無關，還請伯父可憐我，原諒人各有志。」

何玉鳳這話說得心平氣和，已經不是青雲山上那輸理不輸嘴，輸嘴不輸氣的樣子，卻更加令人動容。

安學海心中暗想，何玉鳳一片孝心雖然值得敬佩，但這卻只是痛失親人的愚孝，而不是安慰親人的大孝，因此開口勸說：「妳這話說得是不失兒女孝心，卻不合人倫道理。這列女傳中，有哪個是父死含冤，終身不

＊守宮砂：舊傳抽取以硃砂餵養的壁虎的血，塗於婦女手臂，以檢驗清白。

兒女英雄傳

嫁的？」

　　何玉鳳已經下定決心，在京城住了一年，她也增長了許多見識，多了人生歷練。話該怎樣說，理該怎麼論，她心中是知道的。

　　「這終身不嫁，就從我何玉鳳作起，又有何不可？」何玉鳳淡淡的笑著，簡單一句話竟讓安學海無處見縫插針，只能無言。

　　鄧九公則是急得胡言亂語：「在家從父，出嫁從夫，姑娘家沒有一輩子不出嫁的。師父我大老遠跑來，就是要來當妳的媒人。妳若不嫁，師父我的面子往哪兒擺？我拍胸脯保證今天酉時，便可迎娶妳進安家門了。前面早已張燈結綵、排宴設席，吹鼓手、廚房、僕人、丫鬟，就等著妳嫁了。都是師父的錯，不懂妳姑娘家的心，事情作得這麼莽撞，師父給妳賠罪，妳就點個頭吧。無論妳發的是什麼重誓，都應驗在師父身上，妳說好不好？妳就嫁了吧！」

　　鄧九公漲紅著臉，兩眼圓睜，滿身大汗。今天這臉丟大了，比起當年差點栽在周三手上要抹胭脂更是糟糕。

　　安學海心中暗暗叫慘。何玉鳳的心思本來就多，只怕她的理解有了偏差，以為是大家合謀要算計她。

這樣一來，他就算是辯才無礙，也恐怕沒有立場開口。

　　果然何玉鳳的笑容收了起來，一股怒氣就要爆發。不過看到鄧九公那焦急無措的樣子，她硬生生的忍下怒意，深深吸了一口氣。等到心情稍微平靜後，她轉了個念頭，想到他們的苦心恩情，又想到今天乾娘因為有事不在自己身邊，無法幫她說話，自己可不能莽撞。再說，現在已經有了這座家廟可以安身，她更不應該翻臉。

　　「師父，自古以來，婚姻無父母之命不可，無媒妁之言不可，無庚帖不可，無聘禮更不可。何況我孤獨一人，寄人籬下，沒有任何陪嫁的東西，尤其不可。有這五不可，你要我怎麼嫁？」何玉鳳以退為進，想打消鄧九公要她嫁人的念頭。

　　鄧九公是個粗魯直率的漢子，哪裡能應付她的問題。一旁的人都急得不知該如何是好，被晾在旁邊的安驥更是尷尬。

　　安學海礙於立場不好說話，只好望向張金鳳。

　　張金鳳明白安學海的意思，緩緩的走出來，說：「這事本來沒有我說話的分，只是我想同樣是女孩子，應該比較好溝通。不如讓我私下來問問，說不定姐姐另有苦衷，這事就包在我身上吧。」

安學海確實盼望張金鳳出面，卻不是要她擔這麼大的責任，他和佟氏連忙齊搖頭。「這樣不妥。要是不成功，旁人還以為妳是有心破壞，無意完成這件事情。要是在親友間傳開來，妳小小年紀，怎麼擔得起這樣的誤解？」

安驥沒想到事情會變成這樣子，暗自惱怒自己無能為力，只能擔憂的望著張金鳳。

「感謝爹娘的憐惜，今天無論結果如何，我都心甘情願。大家就去前廳靜候消息吧。」張金鳳仍是溫婉的笑著。

安學海看張金鳳的模樣，對佟氏說：「夫人，看來也只能如此。」

何玉鳳警戒的看著張金鳳。誰都可以原諒，唯獨這張金鳳，她最最討厭。想當初她是怎麼幫她的，又是如何把她當姐妹對待，現在她竟然與人一起設計她？

張金鳳仔細交代丫鬟們好好招呼眾人，等大家都往前廳去了，她才帶著笑，溫言軟語的叫了聲：「姐姐。」

「怎麼樣？」何玉鳳眼皮一掀，一張俏臉冷冰冰的。

「妹妹和姐姐不敢說些閒話，怕又讓姐姐誤會不開心，所以妹妹只講實話。第一，姐姐看這九公，近

九十歲的老人家是為了什麼，日夜兼程的跑上這千里路？再說，我這公公去年遭遇那丟官破財等各種不順心的事，聽說還胖了些，但是今年卻是瘦了，婆婆也添了許多白髮。我娘去年一口白齋吃到今天，我爹初一、十五風雨無阻，虔誠走路去廟裡，為的又是什麼？」

何玉鳳知道幾個老人家所求的都是希望她的姻緣美滿，心裡也軟了些，說：「妳說的我都曉得，這樣的恩深義重，我何玉鳳如果今生能回報，便是今生，否則來世也必定報答，天地鬼神都聽見這話，我絕不食言，只是我不能拿我的終身大事去報恩。至於妳我，我雖然說是施恩不望報，但妳怎麼可以受恩卻忘報。能仁寺裡我對妳終究有點小小人情，今天妳卻來算計我，有這種道理嗎？」她把眉一挑、眼一瞪，怒氣就要發作。

張金鳳不等她生氣，倒是略略提高了聲音：「說到道理，妹妹倒要請教姐姐，當時姐姐救了我們兩家，已經是大大的恩情，卻將我們兩人強行湊成夫妻，又是什麼道理？」

何玉鳳十分詫異，忙說：「妳這話問得怪了！那是我見你們兩個窮途末路，彼此無依無靠，是一片好心、一腔熱血，難道我還貪圖什麼嗎？」

「是啊，姐姐當然沒有半分貪圖，但是那天我身邊還有父母，不至於真的無依無靠。今天姐姐只剩孤魂似的一個人，難道不是窮途末路，不是無依無靠？難道姐姐就以為我公婆為姐姐的姻緣作主，是一片歹心壞意？」張金鳳聲音不重，卻是句句逼人。

何玉鳳一時無話反駁，只得說：「這又另當別論。」

「姐姐說得好，只是妹妹不明白。」張金鳳說：「當天姐姐為我說媒的時候，安驥辭婚，開口第一句就是無父母之命，可是姐姐拿起刀來就要砍人腦袋。如今，公婆為妳父母立了祠堂，在兩位老人家面前跪下來求親，怎麼可以說是無父母之命？再說，當年姐姐的祖父也曾說過，生了女兒要配個讀書人。相信今日如果我公婆親自上門求親，姐姐雙親不會不答應的。」

兒女英雄傳

何玉鳳心頭大驚，想不到張金鳳說起話來細膩厲害，她竟然無法辯解。

張金鳳再說：「當天姐姐提了刀，就說要作媒。今天九公老人家是姐姐的師父，這多福多壽的一個老人家方才又跪又拜的，朝姐姐的雙親牌位磕頭求親，怎麼不算媒妁之言？我們都是清白女子，怎麼我就要另當別論了嗎？」

何玉鳳沒想到張金鳳一再拿她的話、她做的事情堵她，她說不出話來，只好惡狠狠的瞪著張金鳳。

「姐姐說話呀，瞪什麼呢？姐姐不說，我倒還有話說。可憐我張金鳳，姐姐作媒的時候，哪裡問過什麼庚帖的事情？可是我聽說姐姐的父母曾為妳算命，說妳將來要許配個屬馬的人，結成一段美好姻緣。姐姐要是不信，可以去問妳家乳母。姐姐可知道當時妳在能仁寺救的人，就是屬馬的，這難道不是上天注定的嗎？」張金鳳含笑的看著何玉鳳。

這一句話，重重敲擊了何玉鳳的內心，她恍惚想起那晚所作的夢。她只猜想那匹馬指的是安驥的名字，所以一直刻意迴避，卻不曉得，安驥竟然也是屬馬。莫非世上真的有命中注定？何玉鳳感到心酸，覺得自己的命十分悽苦。她只是想過個清靜的生活，難道這

樣也不能夠嗎？

想到這裡，何玉鳳不禁長長的嘆了一口氣。

「說到聘禮。」張金鳳又說：「姐姐可是早就放過了，那只彈弓我一直收著。這是姐姐一刻也不離身的東西，當初離別時卻讓安驥給背著了；而他一刻不離懷的硯臺，也放在姐姐懷裡了，這難道不是注定好的？難道不是姐姐惹出來的？」

「張姑娘，妳這話說清楚。難道這兩樣東西算是我們兩個傷風敗俗、私自相贈的嗎？」何玉鳳勃然大怒，張金鳳的話關係著她的清白，她不能不出聲。

張金鳳盈盈的笑著說：「姐姐別生氣，請聽我說。我說是姐姐惹出來，是說姐姐的至誠孝心感動了天，上天要促成這椿姻緣，才會有這寶硯、雕弓，天造地設的兩樣聘禮。姐姐發誓說永不嫁人，可是答不答應，這得由天作主，由不得姐姐。姐姐以為永不嫁人才是盡孝，卻不知上天的意思，是要妳去孝順公婆，相夫教子，做好持家的事，好給妳父親爭那口不平之氣，怎麼能順著妳的性子，讓妳自在逍遙過下半輩子？公婆替姐

姐雙親立祠堂，也是想接續何家血脈。講到祭祀，這是生生世世的事，無論姐姐妳有多大的本領，又有多麼誠摯的孝心，可不是一個女孩子能完成的。」

張金鳳這段話正說中了何玉鳳的一片孝心。當時安驥為她父母扶靈穿孝時，她心中也隱隱約約有這樣的想法，只是……

何玉鳳的氣勢忽然消了，不言不語。

「這一屋子的長輩，誰不搶著幫姐姐辦嫁妝？這再與我比起來，更是笑話了，那天姐姐拿來的銀子是和尚的賊款，怎麼我的陪嫁就那麼簡單，姐姐有這麼多老人家為妳費心，卻還嫌這個嫌那個，這不是太過分了嗎？姐姐說的五不可，現在可件件都齊了。我有哪句說得不對，姐姐儘管反駁。」張金鳳黑白分明的眼珠直直盯著何玉鳳，不放過她臉上任何表情。

何玉鳳咬緊了唇。這是眾人的好意，恐怕真的也是上天的安排，她要怎麼推辭？可是要她答應，這話她也說不出口啊。難道就這麼便宜安驥嗎？

想到安驥，她的心裡又更亂了。她說不出來對他的感覺，只是他溫柔的目光、敦厚的性情確實是有幾次牽動她的感情。唉……

張金鳳低聲說：「姐姐，妳救他時，他正好袒胸露

懷的綁在那裡，姐姐給他解開繩子，怎麼能保證不會氣息相通、肌膚相近？妳總說妳玉潔冰清，問心無愧。認真追究起來，妳這麼一塊溫潤美玉還是多了點瑕疵，只有跟他成了百年姻緣，才能清白無瑕，人生也才算圓滿周全啊。」

何玉鳳最在意的就是這件事情，俏臉浮上紅雲，胸口一陣燥熱。

安驥聽不清楚她們的對話，可是牽掛著這件事情，人雖然站在前廳，但目光總是不時的向裡頭望來，這一刻，兩人的視線對上了。

安驥的臉還是困窘而尷尬的紅著，可是跟以前不同，這次他的目光不再閃避。他對她有滿滿的喜歡，雖然不好意思說出口，但是這個時候，他卻不能不讓她了解。他溫暖的目光，比以往多了一份真摯纏綿的情意。

他想要她知道，他會一生一世敬她愛她，憐她惜她，讓她享盡浪漫情愛，讓她不再孤單苦寒，他想要給她一個安穩的歸宿啊。

而且，他也需要她啊。他知道有她打點安家，安家一定會有不同的樣子。自從兩個人相識以來，她總是一路指引他，幫助他。

何玉鳳望著安驥，說不出的千言萬語，也激盪著她心中說不出的百種滋味，她就這麼溼了眼眶。

「姐姐。」張金鳳百轉千迴的低喚一聲。這一句，不再是逞口舌之能，而是發自內心。她真的把何玉鳳當成親姐姐，希望她能一世安康，享受人間溫情。

「妹妹。」何玉鳳的眼淚就這麼掉了下來。

張金鳳嫣然一笑，說：「別只叫妹妹，公公婆婆對妳比對女兒還親，妳還要開心多了爹娘可以叫啊！」

何玉鳳哭得淚眼汪汪，心中又酸又甜。她知道從此之後她的人生又要不同了。佛門雖然清淨，但那不符合她的心性，她仍然得孤寂終老。嫁為人婦，相夫教子，當然十分辛苦，可是天倫之樂，卻是一生一世、千金難買的溫馨情誼。

從前十三妹在江湖舞劍弄刀，憑一身本事稱女中豪傑；往後，她何玉鳳在安家持家，依著一腔兒女情懷，做脂粉堆的英雄。

所謂「俠烈英雄本色，溫柔兒女家風。兩般若說不同，除是痴人說夢。兒女無非天性，英雄不外人情。最憐兒女最英雄，才是人中龍鳳」。「兒女英雄」這四個字，說的是俠義的英雄之氣，也是溫柔的兒女情懷。

不論是闖蕩江湖的十三妹，或是嫁為人婦的何玉鳳，都是人中龍鳳的「兒女英雄」啊！

兒女英雄傳──施恩不望報

看到何玉鳳有幸福的結局，相信你
一定也很開心吧！快來動動腦，回
答下面的問題囉！

1.你最喜歡哪個人物呢？說說看喜
　歡的原因吧！

_____

_____

_____

_____

2.如果你是安學海，你會向烏明阿告狀嗎？為什
　麼？

_____

_____

_____

3.你覺得自己的性格比較像哪個人物呢？為什麼？

_____

_____

_____

_____

4.何玉鳳以「十三妹」的名字闖蕩江湖，安學海也有個「尹其明」的化名，你也替自己取個名號，並設計造型吧！

另有其他學習單，可到三民網路書店下載

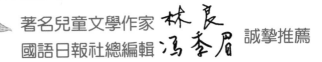

著名兒童文學作家 **林良**
國語日報社總編輯 **馮季眉** 誠摯推薦

一套充滿哲思、友情與想像的故事書
展現希望、驚奇與樂趣的

我的蟲蟲寶貝！

想知道

迷糊可愛的毛毛蟲小靜，為什麼迫不及待的想「長大」？

沉著冷靜的螳螂小刀，如何解救大家脫離「怪傢伙」的魔爪？

膽小害羞的竹節蟲阿比，意外在陌生城市踏出「蛻變」的第一步？

老是自怨自艾的糞金龜牛弟，竟搖身一變成為意氣風發的「聖甲蟲」？

熱情莽撞的蒼蠅依依，怎麼領略簡單寧靜的「慢活」哲學呢？

Let's Go!

隨著昆蟲朋友一同體驗生命中的奇特冒險
學習面對成長過程中的種種難題
成為人生舞臺上勇於嘗試、樂觀自信的主角！

在經典故事中成長

——有圖、有料、有意思

唐三藏西天取經、魯智深大鬧桃花村、

諸葛亮草船借箭、牛郎織女鵲橋相見⋯⋯

過去，我們讀這些故事長大

現在，我們讓這些故事陪孩子一起長大

豐富的文化應該被傳承，傳統的經典需要有新意

小說新賞，讓經典再現——

- 導讀簡明，掌握故事緣起
- 內容生動，融合古典新意
- 插圖精美，呈現具體情境
- 經典新編，富含文學性質

全系列共三十冊　敬請期待

一生不可不讀的三十本經典

獻給孩子們的禮物

「世紀人物100」

訴說一百位中外人物的故事
是三民書局獻給孩子們最好的禮物！

◆ 不刻意美化、神化傳主，使「世紀人物」
  更易於親近。

◆ 嚴謹考證史實，傳遞最正確的資訊。

◆ 文字親切活潑，貼近孩子們的語言。

◆ 突破傳統的創作角度切入，讓孩子們認識
  不一樣的「世紀人物」。

國家圖書館出版品預行編目資料

兒女英雄傳／詹文維編寫;王平,馮艷繪.－－初版一
刷.－－臺北市:三民, 2011
面; 公分.－－(兒童文學叢書／小說新賞)

ISBN 978-957-14-5511-2 (平裝)

859.6   100011278

© 兒女英雄傳

編 寫 者	詹文維
繪 者	王 平 馮 艷
責任編輯	林易柔
美術設計	蔡季吟
發 行 人	劉振強
著作財產權人	三民書局股份有限公司
發 行 所	三民書局股份有限公司
	地址 臺北市復興北路386號
	電話 (02)25006600
	郵撥帳號 0009998-5
門 市 部	(復北店)臺北市復興北路386號
	(重南店)臺北市重慶南路一段61號
出版日期	初版一刷 2011年7月
編 號	S 857550

行政院新聞局登記證局版臺業字第○二○○號

有著作權·不准侵害

ISBN 978-957-14-5511-2 (平裝)

http://www.sanmin.com.tw 三民網路書店
※本書如有缺頁、破損或裝訂錯誤,請寄回本公司更換。